Matthias Liebkopf

Ropotamo

© 2021 Matthias Liebkopf
Umschlag, Illustration: Matthias Liebkopf
Lektorat, Korrektorat: Michaela Szemendera

Verlag & Druck: tredition GmbH,
Halenreie 40-44, 22359 Hamburg

ISBN
Paperback   978-3-347-26092-4
Hardcover   978-3-347-26093-1
e-Book   978-3-347-26094-8

Auf meinem Computerbildschirm öffnete sich ein kleines Kästchen und eine neue Mail, mit dem Hinweis auf Dringlichkeit, verlangte gelesen zu werden.

Solche Mails kenne ich schon zur Genüge, dringlich sind sie meistens. Ich nahm die Computermaus und drückte die Nachricht mit einem Klick auf das kleine Kreuz in der oberen Ecke einfach weg. Heute Abend lesen, reicht auch noch.

Es gibt ja heutzutage Menschen, die verzweifeln glatt, wenn man ihnen nicht sofort antwortet.

So ein Absender schien der Mail-Schreiber auch zu sein. Schon nach einer Minute kam eine erneute Benachrichtigung, eine neue Mail ist eingetroffen.

Auf so etwas stehe ich ja. Die Computermaus hatte schon das Kreuz im Kästchen erwischt und die Benachrichtigung verschwand, als eine erneute Mail auftauchte.

Ich hatte noch nicht meinen Bericht für die Zentrale von Interpol fertig und so ein Typ nervt mich mit Mail-Bombardements! Da hat er sich ja den Richtigen ausgesucht! Wenn einer etwas von mir schnellstmöglich will, soll er doch anrufen.

Mit den neuen Kommunikationsarten stehe ich etwas auf dem Kriegsfuß, bin noch von der alten Schule. Brief und Telefon reichen mir vollkommen, um dem elektronischen Kommunikationsmist aus dem Wege zu gehen.

Mein Bildschirm wurde zum Spielplatz eines Irren, es öffneten sich mehrere kleine Kästchen und versprachen mir, wenn ich auf die Kästchen raufdrücke, könne ich eine wichtige Mail lesen.

Pustekuchen mein Freund! Der Computer wurde von mir eigenhändig in den Feierabend geschickt und heruntergefahren. So läuft das. Ich bin immer noch Herr der Technik und nicht umgekehrt.

Ach ja, ich vergaß mich kurz vorzustellen:
Ion Kaiser mein Name. Ich hatte Ihnen ja schon von meinem Fall in Rumänien erzählt. Die Andreasnacht! Man, war das ein Fall, damals war ich noch für das

Bundeskriminalamt tätig, heutzutage bin ich bei Interpol.

Meine Frau Hannah hat mich erfolgreich abgeworben. Ich habe es auch nicht bereut. Die Fälle, mit denen ich jetzt hier zu tun habe, sind nicht mehr ganz so körperlich aufwendig und anstrengend. Auch kann ich meine Frau so oft sehen, bei einigen Fällen haben wir sogar schon zusammengearbeitet. Das schafft doch etwas mehr Nähe zum Partner, längerfristig kann es natürlich auch zur Belastung werden. Dies war aber noch nicht der Fall bei Hannah und mir, die Liebe war nicht mehr feurig frisch, aber tief und ehrlich.

Momentan hat sie aber mal wieder in Israel zu tun und ich hocke im Büro von Interpol in Berlin und bearbeite Akten und mache die restlichen Berichte fertig.

Der Bericht über Schmuggler von antiken Fundstücken ist eher einschläfernd, muss aber bis morgen fertig sein. Das Geschäft mit gestohlenen, antiken Dingen floriert weltweit, da kann man schon mal auf die Idee kommen, eine neue Nebentätigkeit anzunehmen.

Damals beim Bundeskriminalamt war ich noch irgendwie fitter, ein paar Kilos sind seitdem an meinen Hüften dazu gekommen, aber ich fühle mich in meinem Alter damit trotzdem wohl.

Die Zeiten, wo ich Waffenhändlern und deren Banditen hinterherhechten musste, sind glücklicherweise Geschichte.

Das Fitnessstudio sieht mich zwar in unregelmäßigen Abständen, aber der Trainer schüttelt meist nur den Kopf, wenn er mich sieht. Ein wenig Wohlstandsspeck muss wohl erlaubt sein. Unser Lieblingsitaliener um die Ecke hat schließlich lange am Ergebnis meines Körperzustandes mitgearbeitet.

Mit einem Blick auf meine Armbanduhr wusste ich, der Feierabend hat mich voll erwischt. Auf dem Nachhauseweg werde ich beim ungarischen Restaurant anhalten und mir etwas Leckeres mitnehmen. Abends dann noch mit Hannah telefonieren und die Couch mit meinem Körper beehren. Zum Sport gehen, lass ich mal großzügig ausfallen.

Als ich schon fast die Bürotür abgeschlossen hatte, klingelte das Telefon auf meinem Schreibtisch. Wenn ich jetzt abnehme, ist mein Feierabend dahin, das Essen vom Ungarn bestimmt auch. Also schaute ich kurz auf das Display vom Telefon und sah eine mir unbekannte Vorwahl vor der Telefonnummer.

Morgen ist auch noch ein Tag, soll er doch zu Bürozeiten anrufen und ich entschied mich, mein Büro von außen abzuschließen und das Telefon sich selbst zu überlassen.

In der Dienststelle war schon fast niemand mehr da, Kunststück bei dem Wetter. Ende Mai und es war fast schon wie vorgezogener Sommer. Die Temperatur draußen kratzte an der 30-Grad-Marke und machte Lust auf Urlaub. Meiner war noch nicht so richtig in Sicht, erst Ende Juli wollte ich mit Hannah wieder nach Rumänien in unser kleines Holzhaus. Da muss bestimmt wieder eine Menge getan werden.

Aber ich hatte vorsichtshalber einen jungen Mann aus dem Dorf engagiert, der sich während unserer Abwesenheit um Haus und Hof kümmern sollte. Er verdiente etwas Geld und freute sich und

ich freute mich über etwas weniger Arbeit in meinem Urlaub. Den ganzen Urlaub über wild gewordenes Grünzeug töten und mit dem Farbpinsel die Holzwürmer aus dem Haus verjagen, macht auch keinen Spaß.
Lieber unsere neue Terrasse und den Grillplatz testen. Da habe ich genug mit zu tun. Der Gedanke an den Urlaub in Rumänien machte mir Freude, war ich doch an den Herzensplatz meiner Kindheit zurückgekehrt.

Als ich nach dem Einsammeln des leckeren Essens vom Ungarn zu Hause ankam, leuchtete mir unser Anrufbeantworter missmutig entgegen. Eine Zahl von fünfzehn verpassten Anrufen ist rekordverdächtig. Hannah kann es noch nicht sein, unsere Telefonzeit ist immer nach zwanzig Uhr.
Aber nicht vor dem Essen abhören! Eine Regel, die ich niemals mehr breche, es rächt sich. Entweder man kommt wegen irgendetwas nicht mehr zum Essen oder der Anrufer hat etwas Negatives zu verkünden. Positives bestimmt nicht, da ich kein Lotto mehr spiele.

Am Couchtisch machte ich es mir mit einer Flasche Rosewein gemütlich. Hannah hasste so etwas. Gegessen wird nicht am Fernseher! Da ich alleine war, kam auch keine Schelte aus der Küche und ich ließ es mir schmecken.

Das allerdings nur bis mein Festnetz-anschluss vom Telefon klingelte, glücklicherweise hatte der Anruf-beantworter noch nicht Feierabend und sagte seinen Spruch auf: „Guten Tag, falls Sie eine gute Nachricht für uns haben, dann sprechen Sie diese bitte nach dem Ton, falls nicht, behalten Sie diese für sich."

Die Stimme einer Frau mit Akzent war zu hören. „Verdammt Herr Kaiser, ich kann Sie nirgendwo erreichen. Bitte rufen Sie umgehend zurück."

Was heißt nicht erreichen? Wer etwas von mir will, hat meine Handynummer und kann mich dort sprechen.

Ich griff in meine Hosentasche und zog mein Handy heraus. Tot wie ein Stein. Mist hatte ich gestern doch vergessen, mein Handy zu laden?

Das Teil wiederzubeleben, war nicht schwierig, mein Display mit den ganzen verpassten Anrufen zu durchstöbern, aber schon.
Selbst Hannah hatte mehrfach versucht, mich zu erreichen.

Ich wusste es, mein Essen ist vorbei, der Appetit mir gründlich vergangen und das Essen schon kalt.
Also entschloss ich mich, zuerst einmal Hannah zurückzurufen.
„Ion, wo warst du denn? Ich habe versucht, dich überall zu erreichen, im Büro, auf deinem Handy und zu Hause!"
Das klang vorwurfsvoll, Frauen können so etwas. Einem ein schlechtes Gewissen einreden, obwohl gar nichts passiert ist.
Aber Hannah war blöderweise auch meine Vorgesetzte, im Job jedenfalls.
Zu Hause versuche ich mich durch-zusetzen. Ja ich weiß, bitte den Spruch einfach ohne Kommentar werten. Wir Männer wissen schon, was gemeint ist.

Eine Rechtfertigung meiner Abwesenheit ist wahrscheinlich nutzlos, also überging ich sie und fragte, was denn los ist.

Hannah erzählte mir, dass mich die Staatskanzlei der bulgarischen Regierung versucht zu erreichen.
Sie wisse auch nur, es handele sich um einen toten, deutschen Staatsbürger in Bulgarien.

Damit hat Interpol eigentlich nichts zu tun, also was wollen die von uns?

Ich werde da mal zurückrufen, versprach ich meiner Frau, morgen früh als Erstes.
Meine Frau meinte – sofort! Sie kennen das? Ja, Anweisung verstanden und Ausführung läuft.
Vorher stopfte ich mir noch ein halbkaltes Stück totes Schwein, was vorzüglich zubereitet war, in den Mund und spülte es mit Rosewein nach, als mein Festnetztelefon mir schon wieder mitteilte, es möchte jemand mit mir kommunizieren.
Um den Anrufbeantworter diesmal zu schonen, nahm ich ab.
„Kaiser, guten Abend."
Am anderen Ende war wieder diese frauliche Stimme mit Akzent zu hören, „Guten Abend, Herr Kaiser, Sie sind ja

schwer aufzufinden, ich versuche schon seit Stunden, Sie zu erreichen."

Auch bei ihr klang ein Vorwurf in der Stimme, hatte es doch bestimmt damit zu tun, dass Hannah und sie Geschlechtsgenossinnen sind, da bin ich mir ganz sicher.

Ich war ganz Ohr für ihr Anliegen, hatte sie mich doch nun gefunden und ich richtete mich auf der Couch mit dem Glas Rosewein schon mal gemütlich ein.

„Herr Kaiser, mein Name ist Sonja Rutowa und ich arbeite für die bulgarische Regierung. Ich erzähle Ihnen mal alles ganz von vorn."

Wegen mir, mein Weinglas war gut gefüllt und ich hatte Zeit.

„Am Schwarzen Meer ist eine Leiche eines Deutschen gefunden worden. Sie wurde am Strand von Arkutino angespült."

Nur gut, dass es noch kein Telefon mit Videoübertragung gibt, sonst hätte sie gesehen, wie ich meine Augen verdrehe, oder gibt es so etwas schon? Dann wenigstens nicht bei mir zu Hause!

Ich unterbrach sie etwas forsch: „Gute Frau, ich arbeite für Interpol, wir sind zwar eine Polizei, die ganz International zuständig ist, aber für angeschwemmte Touristenleichen, die zu weit rausgeschwommen sind, rufen Sie doch bitte einen Bestatter an."

Kurz war Ruhe am anderen Ende der Leitung und ich fühlte mich schon als Sieger im Match, Eins zu Null für die Männer.

„Herr Kaiser, lassen Sie mich bitte ausreden. Für wie dumm halten Sie mich?

Der tote Deutsche hatte in seiner Jackentasche seine Papiere dabei. Die Leiche lag nicht lange im Wasser, laut Obduktionsbericht höchstens eine Stunde.

Der Tote wurde von Ihnen schon einmal in Uganda gejagt und konnte damals von Ihnen nicht festgenommen werden. Es handelt sich dabei um einen Herbert van der Spuij, Deutscher mit holländischen Wurzeln.

Gehe ich recht in der Annahme, Sie kennen den Namen?"

Natürlich kannte ich den Namen, hatten wir doch den Mann zusammen mit

Kollegen in der Stadt Kampala in Uganda ausfindig gemacht und zu spät mitbekommen, dass er sämtliche Polizei- und Regierungsbehörden auf seiner Gehaltsliste hatte.

Unsere Mission, ihn nach Deutschland zu bringen, wo er sich wegen internationaler Waffenschiebereien verantworten sollte, scheiterte schon kurz nachdem wir in Uganda eingetroffen waren. Die Polizei jagte uns aus dem Land und wir hatten Mühe, uns auf dem Landweg nach Tansania durchzuschlagen.

Wenn der Typ tot war, ist es kein Verlust für unsere schöne Mutter Erde. Der hat Alles und Jeden mit Waffen beliefert, Hauptsache seine Kasse stimmte.

Meine Ausflugslust ins schöne Schwarzafrika mit Vollpension war seitdem völlig zum Erliegen gekommen.

Dass er mit Bulgarien zu tun hatte, war uns damals schon bekannt, hatte er doch optische, elektronische Zieleinrichtungen für manuelle Waffen im Angebot, die in Bulgarien hergestellt werden und dann zufällig einige davon auf dem Schwarzmarkt auftauchten.

Ich erzählte ihr das, aber sie schien es schon zu wissen und meinte nur: „Ja, ist uns bekannt."
Vielleicht war der Waffenhändler bei einem Deal von einem Boot gestoßen worden, sein Kunde war wohl etwas ungehalten über die Preise der Ware.

Frau Sonja Rutowa hatte aber noch mehr zu erzählen.
„Der Tote wurde von einem Strandspaziergänger entdeckt. Er hatte ihn aus dem Wasser gezogen und die Polizei informiert. Nach etwa einer Stunde kamen die Polizei und ein Arzt erst dort an.
Der Spaziergänger wartete am Strand auf sie und es ging es ihm da schon sehr schlecht. Der Arzt erkannte sofort, was los war und löste den Katastrophenfall für die Gegend dort aus. Der Spaziergänger hatte Strahlungsschäden an der Hand, mit der er den Toten aus dem Meer gefischt hatte.
Das Gebiet ist weiträumig abgesperrt worden, sämtliche Beteiligten sind ins Krankenhaus gebracht worden, zwei Polizisten, der Arzt und der Spaziergänger.

Die Leiche des Waffenhändlers ist an einen sicheren Ort gebracht worden. Aber jetzt kommt es. Die Dosis der Strahlung ist so hoch, als wenn sie sich im Kernkraftwerk Tschernobyl direkt an der Explosionsstelle befunden haben.

Egal, was der Waffenhändler angefasst hat, es hat ihn in kurzer Zeit getötet. Bloß, wo ist der Strahlungsort oder was war der Gegenstand, der so stark strahlte?

Da kommen Sie ins Spiel. Sie hatten mit dem Fall des Toten schon zu tun und kennen seine Geschichte.

Wir brauchen Ihre Hilfe, Herr Kaiser. Ich habe extra Sie über Interpol ange-fordert."

Es war schon eine Weile her, als ich in Uganda mit dem Fall zu tun hatte. Kein Fall, der einem angenehm war und eine merkwürdige Empfindung kam in mir hoch. Hatten wir doch da mit viel üblen Gestalten zu tun: Waffenschiebern, Dealern, Kindersoldaten und zugereisten Europäern, die kräftig mitverdienen wollten.

„Herr Kaiser, ich habe mir erlaubt, Ihnen einen Flug nach Burgas zu buchen. Sie fliegen um 6:00 Uhr morgen früh ab Berlin-Schönefeld, alle Unterlagen sind dort für Sie hinterlegt. Ich hole Sie dann in Burgas ab."

Na super, ich habe noch nicht einmal gepackt. Die Zeit, wo immer ein gepackter Koffer in der Wohnung stand, ist vorbei, dachte ich jedenfalls.
Innerlich etwas mürrisch sagte ich zu und telefonierte danach mit Hannah. Sie sah es gelassener. Mach dir ein paar schöne Tage am Meer, meinte sie nur. Sie hatte immer noch mit diesem Fall in Tel Aviv zu tun. Leider mit ihrem Ex-Mann Avi, es war mir alles andere als recht. Diesen Avi sah ich weiterhin als Konkurrent für mich, wer weiß was zwischen Hannah und ihm noch alles lief?

Auch in Israel hatte man intern von diesem Zwischenfall gehört. Wenn heutzutage irgendwo strahlendes Material gefunden wird, werden die Regierungen hellhörig, zu leicht kann ein Terrorist eine schmutzige Bombe damit bauen und ganze Gebiete auf Jahre hinaus verseuchen.

Mein Wein schmeckte mir nicht mehr, mein Essen war kalt, also war das gemütliche Abendessen vorbei. Ich packte meinen Koffer, nahm Dienst-waffe, genügend Munition und den Dienstausweis mit und steckte mir vorsichtshalber eine Badehose ein. Das Schwarze Meer ist traumhaft zum Schwimmen.

Ein Taxi brachte mich zum Flughafen in Berlin-Schönefeld und ich suchte mir den Schalter zum Abflug. Bei Bulgarien Air Charter wurde ich fündig. Nicht gerade Lufthansa, aber es wird schon gehen. Am Counter übergab mir ein muffliger Typ meine Unterlagen und ich ging zur Sicherheitskontrolle. Mit Dienstausweis und Waffe fliegen nicht viele ins Ausland, aber ich freue mich immer, wenn ich so etwas darf.
Die Maschine war so alt wie ihre Besatzung. Neues Material war bestimmt zu teuer für so eine kleine Fluglinie, aber sie brachte mich planmäßig aber holprig nach Burgas. Das Essen an Bord will ich

mal als Fugendicht aus dem Baumarkt definieren.

Selbst hier in Bulgarien am Zoll sind die Mitarbeiter schlecht gelaunt und mufflig, scheint an der Spezies zu liegen.

Nachdem ich mir meinen Koffer geschnappt hatte und durch die Tür des zollfreien Bereiches trat, steuerte eine junge Frau in kurzen knappen Hosen und mit schrillem, buntem Oberteil mir entgegen. Die Sonnenbrille locker auf den Kopf geschoben und den Autoschlüssel an einem langen Band um den Hals tragend.

„Hallo Herr Kaiser, ich hab Sie erkannt von einem Foto von Interpol. Ich bin Sonja Rutowa, kommen Sie, kommen Sie", und wollte mir meinen Koffer abnehmen. Sie war höchstens Mitte Zwanzig und so etwas von gut gebaut, lange, dunkle Haare, die ihr fast bis an den Po reichten und die Beine so lang!

Am Telefon klang sie eher wie eine Natascha mit streng nach hinten gebundenen Haaren und mit der Figur einer Hammerwerferin.

Da war ich mal sehr positiv überrascht. Sie lief vorneweg und ich betrachtete die

Heckansicht der Frau Rutowa eingehend, nett! Zum Parkplatz war es ein Stück zu laufen, mit dem schweren Koffer an der Seite wurden mir schon die Arme lang, aber ich ließ mir nichts anmerken, holte am Auto aber tief Luft und atmete den Schmerz weg.

„Na Herr Kaiser, doch ziemlich weit zum Laufen, mit Koffer gar nicht so einfach in Ihrem Alter, oder?" Und sie grinste mich dabei auch noch an.

Ich versuchte dabei wirklich krampfhaft einen körperlichen Makel bei ihr zu finden, nichts zu machen.

Sie fuhr einen Mercedes G-Modell in schwarz. Scheinbar hatte die bulgarische Regierung zu viel Geld. Falls alle Regierungsangestellten so aussehen wie Frau Rutowa, sollte ich mich mal hier bewerben.

Natürlich nicht, war ich doch glücklich verheiratet mit Hannah. War ich doch, oder? Manchmal stellte ich mir die Frage schon, zu oft waren wir bei Einsätzen getrennt. Auch unsere Dienstzeiten harmonierten nicht miteinander, da sieht man sich seltener, manchmal über Wochen nicht.

Frau Rutowa bot mir das DU an, war mir auch lieber so und sie fragte mir Löcher in den Bauch. Warum ich einen rumänischen Vornamen habe, wie alt ich bin, ob ich eine Frau habe und was ich für Musik gut finde.

Mein Gott, fühle ich mich alt an ihrer Seite. Die Frau ist ein Energiebündel und schnattert die ganze Zeit wie aufgezogen. Ich hatte nur herausbekommen, dass sie eine deutsche Mutter hatte, deswegen mit der deutschen Sprache groß geworden sei. Aufgewachsen war sie in der Hauptstadt Sofia, hatte dort alles Mögliche gelernt und studiert und war dann bei einer Regierungsbehörde gelandet.

Mit einem Fahrstil, der mich in die Nähe eines Herzinfarktes brachte, donnerte sie durch die Landschaft. Dass hier auch zu Dritt auf einer zweispurigen Fahrbahn nebeneinander gefahren wird, hatte ich noch nicht gehört. Sie steuerte den Benz aber gekonnt durch alle Situationen. Manchmal mit einem lauten Fluchen oder Dauerhupen ging es durch die schöne Gegend Richtung Süden.

Kurz nach dem Ort Sozopol, an der Küste und im Süden von Bulgarien, hielten wir an einem Hotel in Arkutino. Sonja stieg vorsichtig aus, ihre nackten Schenkel klebten an den Ledersitzen des Mercedes etwas an und ich nahm einen schnellen Blick auf ihre verschwitzten Schenkel.

Gut, schauen wir mal wo anders hin, so ein Blick ist gefährlich.

Aus dem Kofferraum nahm ich mein Gepäck und sie klärte das mit dem Hotel.

Ein niedliches Hotel, angelegt wie ein kleines Dorf, in der Mitte ein Pool und eine Bar. Mein Zimmer war außen auf der ruhigen Seite. Sie brachte mich hoch und sagte mir noch schnell: „In zwanzig Minuten unten am Eingang, dann zeige ich Ihnen mal etwas", sprach es und verschwand schnell im Zimmer gegen-über.

Ich musste erstmal verschnaufen, Ende Mai war es hier schon hochsommerlich warm und schwül, die Minibar war gut gefüllt und ein kühles Bier fand seinen Abnehmer.

Ich blieb so wie ich war und machte es mir gerade auf einem Sessel bequem, als Sonja aus ihrem Zimmer kam und bei mir klopfte. „Ion. Kommen Sie mal rüber zu mir ins Zimmer", und zog mich hinter sich her in ihr Zimmer. Neben dem Bett lagen mehrere schwarze Koffer und jede Menge Computerzeugs auf dem Tisch.

Sie öffnete einen Koffer und gab mir daraus ein Gerät.

„Ein Geigerzähler für dich und eine Uhr auch mit Geigerzähler. Wenn die Strahlung zu hoch wird, schlägt die Uhr selbsttätig Alarm."

Gut, so etwas war mir mal wieder neu, aber man lernt ja nie aus.

Sonja hatte sich umgezogen, fiel mir auf, sie trug jetzt eine noch engere Hose und scheinbar ein Oberteil ohne BH, dazu Badelatschen.

„Willst du so bleiben, Ion?" Und zeigte auf meine Garderobe. „Wir müssen runter an den Strand, da reichen kurze Sachen."

Aha, woher nehmen und nicht stehlen. Außer langen Jeans hatte ich nichts mit. Stimmt nicht, eine Badehose, aber das schien mir nicht so angebracht.

Die Sachlage erklärte ich ihr und erntete mal wieder ein Grinsen. „Bin gleich wieder da. Warte hier!" Sie schaute mich prüfend an, verschwand aus der Tür und ließ mich in ihrem Zimmer alleine. Ich sah mich um, auf der Anrichte lagen kleine durchsichtige Slips in vielen Farben und ein Damenrasierer. Mein Gehirn bekam es mit Kopfkino zu tun. An der gegenüberliegenden Seite des Zimmers war ihr persönlicher Koffer offen, drum herum lagen ihre Klamotten bunt verstreut in der Gegend. Scheinbar etwas schlampig die Kleine, aber nicht unsympathisch!

Nach einiger Zeit kam sie mit kurzen Sommersachen zurück. „Los anziehen, die Boutique hatte nichts anderes, aber es passt bestimmt und für den Strand reicht es allemal."
Sie zeigte auf die Badtür und ich tat, wie mir aufgetragen. Kurze Hose in neon-grün, ein Shirt mit einem Surfer darauf und gelbe Badelatschen. Hoffentlich kennt mich hier niemand. Fehlen bloß noch weiße Socken und Jesus-Latschen.
Aus einem Koffer zog Sonja noch eine Sonnenbrille Marke Froschgesicht.

Ich kam mir vor, wie damals Tom Selleck in der Fernsehserie Magnum. Bunt und schrill, aber so schön zurecht gemacht, schnappte ich mir den Geigerzähler und fragte, ob es den auch in rot gibt, dann wäre mein Outfit wohl komplett. Sie lachte und machte mit ihrem Handy ein Foto von mir.

Ich hasse übrigens Badelatschen, die Geräusche beim Laufen sind nichts für mich. Es ging über die Straße Richtung Strand, weiter über einen Holzsteg, der durch die Dünen führte. Schon von Weitem war das Meer zu sehen, was silbern glänzend vor uns lag und an die Südsee erinnerte. Auf der linken Seite, auf einem Hügel in der Nähe von unserem Hotel, war eine riesige Bauruine zu sehen.

„Was ist das denn für ein hässlicher Komplex?"

Sonja erzählte mir von einem Projekt einer Schule. Noch vor der Wende sollte hier die kommunistische Elite aus aller Welt geschult und ausgebildet werden. Dazu kam es nicht mehr, die Planung kam noch aus den siebziger Jahren. Die Ausführung scheiterte am Tod einer der Hauptbeteiligten, nämlich der Tochter des Machthabers Todor Schiwkow, in den achtziger Jahren und dem Zerfall des Ostblocks danach.

Solche Bausünden sollte man abreißen, passt gar nicht in die schöne Landschaft hier am Schwarzen Meer.

Als der Holzsteg zu Ende war, standen wir an einem wunderschönen Sandstrand, linker Hand Jubel, Trubel, Heiterkeit. Weiter hinten eine Polizeiabsperrung vom Wasser bis hoch zu den Dünen. Dahinter hunderte Meter leerer goldgelber Sandstrand und türkisblaues Wasser.

Badelatschen sind doch was Feines, man wird sie schnell los und kann barfuß seinen Weg mit Sand zwischen den Zehen fortsetzen. Ohne Schuhe laufen ist was Tolles. Wenn ich im Sommer auf dem Grundstück von meiner Oma in Rumänien bin, dann verzichte ich freiwillig auf Schuhwerk. Meine Großstadtfüße sind dankbar für diese Erfahrung vom direkten Kontakt mit Sand und Gras, auch mal mit Hundekacke auf dem Weg. Aber nach dem Sommer sind meine Füße dann irgendwie geheilt vom Alltagsstress des Winters.

Der Weg über den feinsandigen Strand zur Polizeiabsperrung war anstrengender als erwartet. Ich ließ mir nichts anmerken, aber die Sonne war schon im Modus Rothaut und somit unerträglich heiß.

Ein Polizist kam auf uns zu, schien uns als Touristen zu identifizieren und wollte uns schon mit einer Handbewegung verjagen, als er Sonja erkannte und das Absperrband hochhob und uns durch ließ.

Sonja schaltete ihren Geigerzähler an und ich tat mich etwas schwer mit dem meinigen.

Er piepste unaufhörlich und blinkte wie wild. Mir wurde geholfen und die Technik erklärt, ist doch schön, wenn die Jugend den älteren Menschen behilflich ist.

Gerade bei der Elektronik habe ich das Gefühl, den jungen Menschen ist der Umgang damit schon mit in die Wiege gelegt worden. Selbst wenn mir mein Mobilfunkanbieter ein neues Handy zuschickt, wandert es ungesehen in den Schrank, sonst sitze ich tagelang beim Übertragen von Daten und Bildern.

Nichts für mich. Junge Menschen, drücken mal da und mal dort und schon ist alles fertig. Ein Rätsel für mich, wie so etwas funktioniert!

Den Geigerzähler immer vor uns hertragend, kamen wir nach etwa sechshundert Metern an eine Stelle, wo das Gerät heftiger ausschlug, laut Sonja bestand aber keine Gefahr. Der angezeigte Wert war nur minimal erhöht.
Die Wellen hatten den Sand, auf der die verstrahlte Leiche lag. schon in der Bucht großflächig verteilt, so dass kaum noch erhöhte Werte gemessen werden konnten. Eine Gesundheitsgefährdung bestand laut meiner Begleiterin nicht mehr, aber ich bin skeptisch.
Alles, was ich nicht sehen kann, ist mir suspekt, der Fall in Rumänien war ein gutes Beispiel dafür.
Der Geigerzähler schlug nur auf cirka zwei Quadratmeter aus. Links und rechts war alles auf Normwert. Die Wellen schlugen an den Strand, als ob hier nichts gewesen war.
Nach dem Fund der Leiche hatten Marinetaucher die komplette Bucht nach Hinweisen abgesucht. Keine weiteren

Hinweise auf radioaktive Strahlung, weder unter Wasser, noch an Land. Folglich muss der getötete Waffenhändler von einem Boot gekommen sein, dort muss aber dann auch Strahlung feststellbar sein.

Die bulgarische Regierung hatte vom Fundtag der Leiche Satellitenbilder auswerten lassen.

Wenn der Körper nur kurze Zeit im Wasser lag, kamen nur acht Schiffe in Frage. Diese Schiffe wurden durch die bulgarische Marine zum Anhalten gezwungen und durchsucht. Auch bei diesen acht Schiffen war keine erhöhte Strahlung festgestellt worden.

Da kam ich wohl ins Spiel und sollte den Fall lösen, nur weil ich mal hinter diesem Typen her war?

Mir erschloss es sich zwar nicht, warum ich angefordert wurde, klar ist Interpol für schwierige Fälle international zuständig, aber da gibt es ganz andere, die man da hätte einsetzen können.

Sonja wusste es auch nicht, meinte nur, wir würden später noch Einzelheiten erfahren, denn in der Stadt Burgas erwartet man uns am Abend noch.

Am Strand entlang ging es noch ein Stück bis zu einem steinigen Felsen im Wasser. Die Bucht war hier zu Ende und wir krabbelten auf den glitschigen Klippen umher, um das Gebiet noch ein wenig abzusuchen.

Hier ist der Anfang des Naturschutzreservates Ropotamo, eines fast urwaldähnlichen Gebietes mit Wasserläufen, seltenen Pflanzen und Tieren.

Vom Felsen hatten wir darauf einen schönen Blick landeinwärts und die Küste entlang.

Laut Sonja war es zu kommunistischen Zeiten das Jagdgebiet des damaligen Machthabers Todor Schiwkow und war somit nicht frei zugänglich. Der Natur tat es gut.

Heutzutage kümmern sich Ranger um den Erhalt des Kleinods.

Der Blick zurück zum Strand zeigte, wie schön hier doch ein Urlaub sein musste.

Das Meerwasser glitzerte in der Sonne und nur sehr weit hinten waren Touristen zu sehen. Einsame Fleckchen zum Baden und alleine sein finden sich hier überall.

Sonja schien etwas zu beobachten und zeigte dann auf die Klippen in der benachbarten kleinen Sandbucht Richtung Naturschutzgebiet.

Etwas lag zwischen den Steinen, Wellen drückten es immer wieder unter Wasser und Sonja entschied, sich dort einmal gründlicher umzusehen.

Der Abstieg mit Badelatschen von einem Felsen ist nicht wirklich lustig, ohne hätte man sich die nackten Füße aufgeschnitten, also musste es irgendwie so gehen.

Die kleine Sandbucht war höchstens fünfzig Meter lang und hier lagen noch ohne Ende Muscheln zum Sammeln herum, aber das sollte heute nicht unsere Tätigkeit werden.

Ich kühlte mir meine geschundenen Füße im Wasser, der Geigerzähler war ruhig und Sonja versuchte zu schauen, was dort in den Klippen hängt.

Sie winkte mich heran.

Mir schien es von Weitem ein Ball zu sein, der sich in den Klippen eingeklemmt hatte, aber bei näherer Betrachtung war es eine Boje, die an einem Seil befestigt war.

Das Seil schien lang zu sein und fast in der Mitte der Bucht zu enden.

Sonja zog sich, ohne mich anzusehen, splitterfasernackt aus und stieg ins Meer. Mir blieb da fast der Mund offen stehen. Sie hatte keine Scheu mir gegenüber und winkte mich heran.

„Los, komm mit rein. Wir müssen sehen, wo die Boje befestigt ist. Hier dürfen eigentlich keine Schiffe so nah ans Land kommen."

Da meine Badehose noch in meinem Koffer parkte, entschied ich mich, es Sonja gleichzutun, entledigte mich meiner bunten Kleidung und sprang eiligst ins Wasser. Ich hatte das Grinsen von Sonja gesehen, als sie sich zu mir kurz umdrehte, aber sie schien un-bekümmert zu sein und schwamm mir voraus. Die Strömung nach ein paar Metern war schon recht heftig. Etwa dreißig Meter vom Strand entfernt erreichte ich Sonja, sie tauchte immer wieder und ich holte tief Luft und tat es ihr gleich.

Unter Wasser brannten meine Augen vom Salzwasser, der Salzgehalt im Schwarzen Meer ist noch höher als im Mittelmeer, da macht Tauchen ohne Brille schon Mühe. Vor meinen Augen tauchte der makellose, nackte Körper von Sonja nach unten, ich konnte mich gar nicht satt sehen, aber ich sollte mich lieber konzentrieren.

Das Ende des Seils hatten wir erreicht, es war an einem Stück Metall an-gebunden.
Gerade als ich es anfassen wollte, spürte ich die Hand von Sonja an meinem Arm. Sie zog mich zurück und zeigte auf ihr Handgelenk. Die Armbanduhr mit Geigerzähler hatte sie nicht abgelegt, ein rotes Licht blinkte in der Uhr und wir tauchten recht schnell wieder auf. An der Wasseroberfläche schnappten wir nach Luft.
„Los Ion, wir müssen zurück, da unten gibt es radioaktive Strahlung."
Am Strand angekommen, blieben wir wie Gott uns schuf erstmal auf dem warmen Sand liegen. Die Uhr von Sonja war wieder ruhig, hier schien nichts auf eine Strahlung hinzudeuten. Sie stand auf und ging Richtung festhängender Boje zwischen den Steinen. Auch dort war keine erhöhte Strahlung feststellbar. Sie kam mit einer anmutigen Bewegung auf mich zu, nahm die Arme hoch und

trocknete ihre langen Haare im Wind. Was für ein Bild!

Meine kleine Erregung war schwer zu verstecken, sie grinste mal wieder und schaute nicht weiter dort hin.

Bis wir trocken waren, dauerte es nicht lange und wir machten uns angezogen wieder auf die Rücktour.

Als wir am Strand an der Polizei-absperrung ankamen, ließ sich Sonja ein Funkgerät vom Polizisten geben und sprach auf Bulgarisch mit der Leitstelle.

„Ich habe denen von unserem Fund erzählt, die schicken gleich ein Spezialistenteam und bergen das Stück Metall aus dem Meer. Wir können erstmal etwas Essen gehen."

Gute Idee, ich hatte Hunger und Durst und wenn ich zu stark unterzuckert bin, werde ich mürrisch, es war kurz davor. Also lud ich Sonja in unserem Hotel zum Essen ein.

Bei ihrer Figur ist es mir schleierhaft, wo sie die ganzen Sachen hin isst und trinkt. Zwei Bier und ein riesiges Steak mit Pommes und Salat. Ich war schon auf der Hälfte satt und sie grinste immer nur.

Viel wusste ich bis jetzt nicht von ihr, also fragte ich mal nach. Sie war ledig, arbeitete für die Regierung, aber als was, wollte sie mir nicht verraten. Mochte gutes Essen, Sport, Musik und Tanz in Clubs.

Wir verabredeten uns am Nachmittag gegen 17:00 Uhr, da wollten wir ja nach Burgas fahren. Daher hatte ich noch etwas Zeit für einen kleinen Schlaf auf dem Balkon.

Doch auf meinem Handy waren schon wieder mehrere Anrufe aufgelaufen, davon zwei von Hannah. Normalerweise telefonieren wir doch nach zwanzig Uhr, also rief ich zurück.

Es dauerte eine Weile und nicht Hannah war am Telefon, sondern ihr Ex-Mann Avi. Eine Art Wut kochte bei mir hoch, was macht der mit dem Handy meiner Frau?

„Hallo Ion, warte ich gebe dir Hannah, sie ist gerade im Bad."

Meine Wut wurde stärker, was macht sie im Bad bei Avi, hatten die was miteinander, Sex mit der Ex? Das Telefon wurde weitergereicht.

„Hallo Schatz, du bist ja schwer zu erreichen, bist hoffentlich nicht mit jungen Mädels unterwegs?"
Na toll, Frauen müssen für so etwas einen siebenten Sinn haben.
„Natürlich, nur mit jungen Dingern und nackt sind sie auch!"
Mehr als die Wahrheit konnte ich nicht erzählen.

Hannah hatte aber Neuigkeiten. Die bulgarische Regierung hatte auch um Spezialisten aus Israel gebeten. Diese hatten schon einmal mit Bulgarien zusammengearbeitet, als ein Reisebus vor Jahren am Flughafen Burgas Ziel eines Bombenanschlages war.
Der Auslandsgeheimdienst Mossad hatte die Bulgaren damals unterstützt, die Hintermänner aus dem arabischen Raum dingfest zu machen.
Ich sollte mir mal aus Berlin die Akte des toten Waffenhändlers schicken lassen, damit könnte man vielleicht irgend-welche internationalen Verbindungen nachweisen und hier weiter verfolgen.

Also telefonierte ich mit meinem alten Büro im Bundeskriminalamt. Babsi,

meine alte Kollegin, nahm ab und freute sich mächtig, mal wieder etwas von mir zu hören. Unzählige Fragen prasselten auf mich ein, die Schnattertasche hat sich nicht verändert.
Sie schickte mir die Mail und fragte noch, wie ich mich als alter Ehekrüppel denn so mache. Was soll ich da sagen, glücklich verheiratet, was denn sonst?

Die angekommene Akte studierte ich noch einmal nach Jahren wieder, uns war der glitschige Typ mehrmals durch die Lappen gegangen. Es schien mir damals etwas nicht aufgefallen zu sein. Vielleicht gab es auch in unserer Behörde einen Menschen, der gut bezahlt wurde für Informationen, die er für ein paar Scheine guten Geldes heraus gab. So etwas passiert immer wieder.

Es klopfte an der Tür, Sonja kam ins Zimmer und brachte Neuigkeiten mit. Ein Armeeteam hatte den Metallgegenstand aus dem Meer geborgen.
Es war allerdings nur ein Stück Eisenbahnschiene, aber recht hoch strahlungsbelastet. Nicht so hoch wie die

Leiche, aber bei Berührung noch gesundheitsschädigend.

Die Boje war ein Bootsfender, solche Teile, die Berührungen zwischen Schiffen vermeiden sollen. Sie werden zwischen die Boote gehängt, um sie auf Abstand zu halten. Nach dem Säubern des Fenders kam ein Name zum Vorschein, nämlich MS Sofia.

Die MS Sofia war noch vor der Wende ein Luxusschiff der bulgarischen Regierung und wurde von den höchsten Mitgliedern der Kommunistischen Partei auf dem Schwarzen Meer genutzt. Nach der Zerschlagung der Regierung lag das Schiff noch ein paar Jahre ungenutzt in der Hafenstadt Varna vor Anker, bevor es nach Indien verkauft wurde und beim verheerenden Tsunami im Jahr 2004 zerstört wurde.

Also, was macht ein Stück von diesem Schiff in der kleinen Bucht in Ropotamo?

Ich zog mich um und wir machten uns auf den Weg nach Burgas. Sonja hatte ihre Strandkleidung gegen etwas Konservativeres eingetauscht und fuhr uns mit ihrer unverwechselbaren Fahrweise erstaunlicherweise gut zur Außenstelle der Regierung in einen Randbezirk von Burgas.

Die Stadt Burgas hat, wie so viele andere Städte in Osteuropa auch, mit viel Armut und Hoffnungslosigkeit zu tun. Die Schere zwischen Arm und Reich ist hier auch noch deutlich zu sehen. In einigen Gebieten hier hat sich an der grauen Betontristesse aus alten Zeiten nichts geändert.
Auch an den Behördenbauten ist die Zeit stehen geblieben, nur die davor parkenden Autos bringen ein paar neue Farbtupfer mit.

Ich wurde freundlich begrüßt und Sonja fungierte als Dolmetscher, Bulgarisch ist fast wie Russisch durch die kyrillischen Schriftzeichen, aber da ist aus den Tagen meiner Schulzeit nicht mehr viel hängen geblieben.

Wie ich von den Behördenmitarbeitern erfuhr, wurde die hoch kontaminierte Leiche des Waffenhändlers nach Sofia gebracht und dort obduziert. Er war an Multiorganversagen und durch die sehr hohe radioaktive Strahlung gestorben.

Er hatte kein Wasser in der Lunge, also war er schon tot, als er ins Wasser geworfen wurde. Wo das passiert ist, kann niemand sagen.

Interessanterweise war er unter falschem Namen unterwegs, wohnte im Grand Hotel Varna an der nördlichen bulgarischen Schwarzmeerküste und hatte sich dort ein Fahrzeug gemietet. Dieses fand man auf der anderen Seite von Arkutino am Strand von Duni abgestellt. Im Fahrzeug waren keine Hinweise, aber im Hotelzimmer des Grand Hotels hatten sie ein Buch gefunden. Viele Namen und viele Telefonnummern, meist vom Abschaum dieser Welt. Alles, was Rang und Namen beim internationalen Terrorismus hatte, war dort drin vertreten.

Aber auch dieser Name war im Buch verzeichnet. Ein Mitarbeiter reichte mir ein Blatt Papier. Es war eine Kopie einer Seite des Notizbuches vom toten Waffenhändler.

Etwa in der Mitte erkannte ich eine Telefonnummer und einen Namen, nämlich meinen!

Ion Kaiser, mit Telefonnummer aus dem Bundeskriminalamt, wo ich früher gearbeitet hatte.

Jetzt wurde mir klar, ich war Bestandteil der Ermittlungen, nicht derjenige zum Klären des Falles.

Ich wurde aufgefordert, meine Dienstwaffe abzugeben und meinen Dienstausweis. Interpol wird darüber informiert.

Ein Mitarbeiter der bulgarischen Polizei wandte sich an mich und stellte Fragen über Fragen, Sonja übersetzte und ich zuckte nur mit den Schultern.

Nach einer Stunde war die Fragerei zu Ende.

Ich erklärte Sonja, ich hätte keine Ahnung, wie mein Name in das Buch gekommen ist. Sie schien ein wenig traurig zu sein und schaute weg.

Was sollte das? Vom Ermittler zum Verdächtigen? Ich hatte mit dem Typen nur in Uganda mal zu tun und dieses nie persönlich. Alles lief im Team ab, nur unsere Informationen, die wir von den deutschen Behörden bekamen, erwiesen sich damals leider als falsch.

Mein Kopf hämmerte und mir kamen keine nützlichen Ideen, wie meine Lage hier besser werden könnte.

Von der Polizei wurde ich gebeten, das Land bitte vorerst nicht zu verlassen, aber meine Mitarbeit war wohl weiterhin erwünscht.

Sonja klinkte sich in die Unterhaltung mit ein. Als sie mir ihre Idee erklärte, merkte ich, sie war auf meiner Seite. Nach ihrer Meinung hatte meine Telefonnummer nicht die gleiche Schrift wie alles andere im Buch. Da hat wohl jemand nachgeholfen.

Ich schaute mir die Kopie noch einmal an, die Linienführung stimmte wirklich nicht überein. Da hatte jemand etwas nachgetragen. Wie auch immer, ich war Sonja wirklich dankbar.

Sie nahm noch einige Akten mit und wir durften wieder zurück in unser Hotel fahren und weiter recherchieren. Meine Dienstwaffe behielten sie trotzdem ein, wahrscheinlich ist Vertrauen gut, aber Kontrolle besser.

Vor Arkutino machte Sonja noch einen Abstecher in die alte Hafenstadt Sozopol mit ihrer urigen Altstadt und jeder Menge Touristentrubel.

Diese Stadt ist nur noch etwa einhundert Kilometer Luftlinie von der türkischen Grenze entfernt und man merkt hier schon die Einflüsse des Orients.

An einem mit lauter Musik und grellen Scheinwerfern angestrahlten Haus aus alter Zeit und mit schöner Holzfassade blieben wir stehen und Sonja nahm mich mit hinein. Der Einlasser schien sie zu kennen und er winkte uns hinein. Ich übernahm den Eintrittspreis, teuer für Osteuropa!

Na toll, ein Techno Club empfing uns im Inneren, jung, laut und nicht mehr für mein Klientel gedacht, aber es schien sie nicht zu stören. Schon der Mitarbeiter an der Bar begrüßte sie, als kenne er sie schon ewig. An der Hand wurde ich durch ein Menschengetümmel zur Bar gezogen, ab da schrien wir uns zum Versuch der Kommunikation an.

Zwei sehr hochprozentige Drinks sollten mich wohl aufheitern und taten es auch. Sonja zog mich auf die Tanzfläche und ich zuckte mit, die Blitze der Lichtanlage ließen eh keine Wertung meiner Tanz-künste zu. Nach zehn Minuten war ich schon fast klinisch tot, meine Ohren hatten einen durchgängigen Pfeifton empfangen, die Augen sahen nur noch Blitze und meine Tanzpartnerin schien in Ekstase zu verfallen. Doch irgendwann war auch sie genervt von der Fülle im Club, sodass wir Richtung Auto steuerten.

Ihre langen Haare waren verschwitzt, auch an ihrer Hose sah man überall feuchte Flecken und es machte mich richtig an, sie so zu sehen. Draußen vor dem Auto war sie noch aufgekratzt und wirbelte immer noch herum.

Ich beobachtete sie nur, lächelte sie an und sie kam auf mich zu. Ganz nah stand sie vor mir und roch gut nach Parfüm und nass geschwitzten Haaren. Wie es kam, kann ich nicht sagen, aber unsere Lippen berührten sich rein zufällig. Sie zog mich zu sich heran und in meiner Hose pochte es gewaltig. Ich war doch verheiratet, nur schien mir dies gerade entfallen zu sein.

Es war ja auch kein langer Kuss, höchstens ein, zwei Minuten küssten wir uns leidenschaftlich. Bis sie meine Lage im unteren Bereich erkannte und nach einer Lösung suchte. Ihr Kopf war aus meinem Blickwinkel verschwunden und ich sah an mir herunter wie sich meine Hose wie durch Geisterhand öffnete und sie mein bestes Stück schon oral verwöhnte. Da wollte ich doch noch „Nein" sagen, aber meine Körperfunktionen waren schneller und es entlud sich alles recht schnell. Sie tauchte wieder oben auf, wischte sich den Mund ab und grinste mal wieder.

„Komm, wir fahren ins Hotel."

Mehr kam nicht, ich wollte doch noch „Nein" sagen. Vielleicht nächstes Mal dann.

Im Wagen rutsche mir bloß heraus: „Eigentlich bin ich ja verheiratet!"

Doch mehr als ein Grinsen gab es wieder nicht.

Dieser Frau war ich so gar nicht gewachsen, aber ich behielt es für mich.

Im Hotel angekommen, war ich ein wenig gespannt, wo mich der Abend noch so hinführte. Mir kamen die Bilder von unserem Strandausflug im Adamskostüm in den Sinn. Mit der Frau eine Runde drehen. Mein Kopfkino stand schon wieder nicht still. Kennen Sie so etwas? Der gesamte Körper möchte etwas haben, der Kopf sagt JA, das Herz sagt NEIN, eine Zwickmühle!

Als wir Richtung Zimmer steuerten, nahm ich Geräusche aus dem Treppenhaus wahr. Scheinbar waren neue Touristen angekommen, doch eine Stufe höher bekam ich Schnappatmung.
Vor meinem Zimmer stand Hannah, den Gang runter ihr Ex-Mann Avi. Beide lachten zu mir rüber.
Hannah kam auf mich zu und küsste mich überschwänglich und ich stellte ihnen etwas unbeholfen Sonja vor.
Hannah schaute sich meine Begleitung lange an und lächelte.
„Schön dich kennenzulernen!"

Beide Frauen schauten sich nach meinem Geschmack zu lange intensiv an. Sollte meine Frau doch etwas gemerkt haben?
Sonja verabschiedete sich schnell für diesen Abend mit einem Grinsen von uns. Hier im Flur bei Licht betrachtet, war auf ihrer Jacke deutlich etwas zu sehen. Ich hatte wohl teilweise etwas

gekleckert, na ja, wie man so sagt. Alte Flinte, streut schon ein wenig!

Die Situation war schon recht grotesk. Im Zimmer angekommen, hatte ich schon ein paar Fragen. Warum hatte sie mir nicht gesagt, dass sie kommt? Solche überfallartigen Sachen mag ich so gar nicht. Gut, zurzeit habe ich wohl auch etwas zu verbergen, aber es geht mir ums Prinzip.

Angeblich wurde sie auch mit Avi angefordert unverzüglich nach Bulgarien zu reisen, dafür wurde sogar eine Sondermaschine von den Israelis bereitgestellt. Die Überraschung war gelungen!

Hannah schaute mich an und zog sich aus. „Na komm schon, oder hast du nach der langen Zeit keine Lust? Deine neue bulgarische Freundin ist ja niedlich. Ist die volljährig?"

Frauen können so gewisse Spitzen gut verteilen und meiner Meinung nach auch Situationen gut einschätzen. Keine Ahnung, ob sie etwas geahnt hat, aber Hauptsache, sie fragt nicht, ob ich was mit Sonja hatte. Hatte ich ja nicht.

Das war eher sexuelle Belästigung meinerseits, oder gar eine kleine Vergewaltigung. Das muss man differenziert sehen. Da bin ich mir ganz sicher.

Hannah verschwand kurz im Bad und stand nackt vor mir. Ich zog mich aus und gab meine etwas genital besabberte Unterhose schnell in die Dreckwäsche.

Der Sex mit Hannah war wie immer toll, nur meine Gedanken wollten nicht so ganz mitspielen, drehten sie sich doch jetzt um zwei Frauen.

Als wir danach noch im Bett lagen schaute Hannah zu mir herüber. „Du konntest aber lange heute, hast wohl heute schon selbst rumgespielt?"

Was soll man denn da sagen, genau diese Situation meine ich, Frauen haben dafür einen siebenten Sinn, dass was nicht stimmt.

Ich bejahte die Frage schnell und wir schliefen ein.

Mein schlechtes Gewissen ließ mich aber unruhig und oberflächlich schlafen, so dass ich am Morgen wie mein alter

Turnschuh aussah. Alt und zertreten, so fühlte ich mich auch.

Wir trafen uns zu Viert zum Frühstück an einem Tisch auf der Frühstücksterrasse. Hannah sah sich Sonja lange genau an und machte ihr Komplimente für ihre langen Haare und ihre sonnengebräunte Haut. Diese bedankte sich ordentlich und war merkwürdig still.

Ich setzte die Neuankömmlinge in Kenntnis, was schon so passiert war, vom Strand und der Boje und dem Besuch in Burgas, ebenso dem geäußerten Verdacht gegen mich.

Als Sonja sich einmischte und Hannah fragte, ob ich verklemmt bin, blieb mir der Bissen im Halse stecken und ich hustete, bis mir Avi unsanft auf den Rücken schlug.

„Verklemmt?" Hannah sah fragend aus. Sonja erzählte ihr, wie wir im Wasser etwas gesehen haben und sie sich entschloss, schnell mal nackt ins Wasser zu springen. Ich brauchte doch dazu etwas länger, da drängte sich ihr der Verdacht doch auf.

Hannah lachte und zog aus ihrer seitlichen Hosentasche ein etwas unscharfes Foto. Darauf sah man zwei nackte Gestalten an einem Strand, unverkennbar die Situation von gestern am Strand von Arkutino.

Eine amerikanische Drohne hatte die Fotos geschossen, um das Gebiet auf eventuell nicht gefundene Objekte zu untersuchen. Hannah drehte sich zu Sonja um, die auch interessiert auf das Foto sah.

„Tolle Figur Sonja, da wird man ja glatt neidisch."

Sonja grinste mal wieder, und dankte wieder mal für das Kompliment.

„Ion war ganz Gentleman, er schaute immer weg und sagte sogar, er sei verheiratet, schien ihm peinlich zu sein, nackig herum zu laufen."

Hannah drehte sich zu mir und legte ihre Hand auf meine Schulter und drückte etwas unsanft zu.

„Ja, verheiratet ist er, glücklich sogar!"

Meines Erachtens hat Hannah grad so eine Art Röntgenblick bei sich aktiviert und durchleuchtete mein Gehirn auf Ungereimtheiten.

Bleib cool Ion, es ist ja nichts passiert. Viel schlimmer wäre es, wenn man uns im Bett zusammen erwischt hätte. Hannah hätte uns Beide an Ort und Stelle massakriert.

Wir wollten uns nach dem Frühstück mal die Stelle ansehen, wo der Mietwagen des Waffenhändlers aufgefunden wurde. Laut Auskunft im Hotel mussten wir dazu nur auf einer Straße etwa fünfzehn Minuten lang die Küste entlanglaufen oder mit dem Auto eine Umgehungsstraße von dreizehn Kilometern fahren. Die Frauen entschieden, es wird gelaufen! Das macht angeblich Spaß und dünn.

Das Outfit beider Frauen schien auf Konkurrenz abgestimmt zu sein, Hannah trug ihr üppiges Dekollete zur Schau und Sonja die knappste Hose, die ich noch als Hose bezeichnen würde. Selbst Avi sah zu mir herüber und zuckte mit den Augenbrauen.

Der Weg war wirklich nicht weit. Es ging vorbei an einer alten Villa, die eingewachsen im Dickicht lag und dem etwas höher gelegenen alten Ruinenkomplex aus kommunistischer Zeit.

Beim Vorbeilaufen schien dieser Komplex eine bedrückende Wirkung auf mich zu machen, verschandelte er doch das ganze Gebiet erheblich und legte dabei seinen düsteren Schatten auf den Hügel. Nur das Rauschen des Meeres war zu hören und natürlich die Mädels, die unaufhörlich miteinander schnatterten.

Eine kleine Insel lag gar nicht weit draußen in der Bucht. Im Hotel hatte ich gelesen, man nennt sie hier Schlangeninsel, bestimmt nur um neugierige Touristen fernzuhalten.

Ein weiteres Hotel auf einer Landzunge kam in Sicht, vollgestopft mit osteuropäischen Touristen, die lautstark Richtung Strand zogen.

Der Strand war langgezogen und lag malerisch vor uns. Nur weit am Horizont stand der Hotelkomplex von Duni, einem für Partys willigen und urlaubshungrigen, jungen Leute errichteten Gebiet.

Nix für mich, mein Hotel war recht ruhig. Nur am Abend, wenn der Alkohol zu stark floss, wurde es am Pool etwas lauter.

Der Fundort des Mietwagens des toten Waffenhändlers war immer noch mit Polizeiabsperrband gekennzeichnet. Er hatte den Wagen abseits der Straße vom Meer weg abgestellt. Wenn er zum Meer wollte, wäre ich doch näher herangefahren. Diese Vermutung sahen meine Begleiter genauso.

Der Strand ist von hier aus nur über Schotter und Geröll erreichbar. Also meines Erachtens wollte er nicht zum Wasser.

Gegenüber liegt der Hügel, aber dort ist auch nichts gefunden worden, die lokale Polizei hatte das Gebiet mehrfach durchsucht.

Die Mädels hatten dann doch die glorreiche Idee, mal auf dem Hügel nachzusehen. Mir ist es bis heute schleierhaft wie Frauen mit Strandschuhen so weit laufen können und dann noch ans Klettern denken.

Der Hügel war nicht sehr hoch, mit dünnen Bäumen und hohem Gras bewachsen. Ein Sandweg führte über Steine und Schotter Richtung Gipfel. Auf der anderen Seite müsste eigentlich unser Hotel liegen, aber wir waren anscheinend einmal falsch abgebogen.

Der graue Ruinenkomplex tauchte vor uns auf, alte fensterlose Bauten aus tiefsten Zeiten des Kommunismus. Nur vereinzelt hatten sich Jugendliche mit Graffitis darauf verewigt. Alle Bauten waren zugänglich. Der Komplex schien im Rohbau aufgegeben worden zu sein. Nachdem der Beton gegossen wurde, war hier Schluss mit der Bautätigkeit.

Avi kletterte bis nach oben, ich folgte ihm und der Blick von oben war der Mühe wert. Das Auge konnte sich nicht satt sehen am Glitzern des Meeres, den grünen Hügeln des Ropotamo Natur-schutzgebietes und der im Meer liegenden Schlangeninsel.
Unten standen die Frauen und schauten zu uns hoch. „Was zu sehen von oben?" War die Frage.
Nur viel Natur, aber Avi zeigte mir mitten im Dickicht die alte Villa, an der wir auf dem Hinweg vorbeikamen. Sie lag zwischen unserem Hotel und dem Komplex auf dem wir standen. Das Dach war ziemlich neu gedeckt, die hat nicht seit Anfang der achtziger Jahre leer gestanden.

Sonja erzählte den anderen die Geschichte der Ruine, mir hatte sie es ja schon erzählt, also hörte ich nur mit einem Ohr zu. Die Villa unten im Wald gehörte mal der Tochter des Regierungschefs, sie ist aber jung gestorben und damit verfiel das Haus.

„Das Dach ist aber neu!", platzte es aus mir heraus. Alle sahen mich an, Avi stimmte mir zu und wir wollten nachsehen.

Elf große mehrstöckige Wohngebäude und ein riesiger einzelner Block ergaben den ganzen Komplex. Ich sah mich noch einmal um. „Wann war hier Baustopp?"

Sonja kam zu mir, überlegte kurz, „Zwischen 1980 und 1982 etwa."

Sehr merkwürdig, hier wurde mit einer Qualität gebaut, so etwas gibt es heute nicht mehr. „Schaut euch mal den Beton an, keine Risse, keine Abplatzungen, nicht mal Kratzer sind zu sehen. Das ist feinster Bunkerbeton meine Freunde, so wie damals die Nazis ihre Bunker bauten. Hält für die Ewigkeit, aber warum baut jemand so einen Komplex aus Bunkerbeton? Das war doch nichts Militärisches, oder?"

Avi nahm einen normalen Stein und rieb an einer Wand eines Hauses. „Hast recht, hart wie Stahl, mein kleiner Stein schleift sich am Beton ab. Da hat es einer wohl gründlich übertrieben. Deswegen ist der Komplex auch noch da. Man bekommt ihn nicht so einfach weg, wäre viel zu teuer. Die Regierung muss das gewusst haben, oder Sonja?"

Sie nickte, „Ja, wir wissen es. Aber es gibt keine Baupläne oder ähnliches, alles weg. Nicht mal Leute, die hier mitgebaut haben, sind aufzufinden. Wir wissen nur, dass die damalige Ministerin für Bildung, also die Tochter des Regierungschefs das Projekt geplant und in Auftrag gegeben hatte. Sie ist im Alter von 39 Jahren unter ungeklärten Umständen ums Leben gekommen. Bis heute ist nicht klar, ob es nicht ein Attentat war. Man fand sie damals tot im Pool ihrer Villa. Sämtliche Berichte und Aufzeichnungen über diesen Vorfall widersprechen sich. Hier in Bulgarien geht die Meinung um, der sowjetische Geheimdienst KGB hat sie auf dem Gewissen. Sie war als Nachfolgerin an der Regierungsspitze vorgesehen, aber so etwas kann heute nicht mehr bewiesen werden. Die

Tochter des damaligen Regierungschefs war der kommunistischen Meinung weit voraus und hatte eigene abstruse Ideen über die Zukunft von Bulgarien."

Über die Jahre hatte ich schon viele Geschichten über den KGB gehört, ob es alles wahr war, weiß nur die Geschichte selbst, aber auch in einigen meiner Fälle tauchten immer wieder alte KGB-Mitarbeiter auf, meist nicht mit guter Absicht.

Hannah sah sich um. „Fällt euch noch etwas auf?"

Alle schauten sich um, aber keiner bemerkte etwas. Hannah wurde deutlicher. „Wir sind doch hier in einem Naturschutzgebiet, aber es gibt hier keine Vögel, hier fliegt so gar nichts herum. Unten an der Straße da war ein Zwitschern ohne Ende zu hören. Hier ist nichts!"

Sie hatte recht, Sonja und ich sahen gleichzeitig auf unsere Geigerzähler-uhren, aber kein überhöhter Wert war feststellbar. Alles normal, also setzten wir unseren Weg Richtung Villa fort. Eine Treppe führte vom Komplex auf einen Weg mit Betonplatten, der uns direkt zur eingewachsenen Villa führte. So groß, wie sie von oben aussah, war sie gar nicht. Im Stil der achtziger Jahre gehalten mit großen Fenstern Richtung Meer. Nach der langen Zeit hatten Bäume den Blick versperrt, ansonsten wäre das Objekt noch heute eine schöne Immobilie in Meernähe. Einen Zaun gab es nicht, schwere Metalltüren mit großen verrosteten Schlössern versperrten aber die Eingangstür. Avi kletterte am Blitzableiter des Hauses hoch. Respekt, bei dieser Aktion hätte ich mich schwergetan.

Er stand auf der mittleren Terrasse der Villa und sah durch die Scheiben ins Innere. „Nichts zu sehen, komplett leer.‟ Er nahm den Weg, den er gekommen war und fragte Sonja: „Das war die Villa der Ministerin?‟ Sonja nickte, Avi aber suchte etwas.

„Eine Ministerin hat doch immer einen großen Fuhrpark, das Grundstück hat aber weder eine Garage, noch eine Zufahrt. Vorhin beim Vorbeilaufen habe ich auch keine alten Parkplätze unten an der Straße gesehen.‟

Da hatte er wohl recht und noch etwas stimmte hier nicht. Sonja fand rund um das Haus tote Vögel oder Kadaver, teilweise skelettiert. Ein Blick auf den Geigerzähler zeigte aber, an zu hoher Strahlung lag es nicht. „Lasst uns gehen Kinder, ich hab Kopfschmerzen. Abbruch hier erstmal." Und Hannah ging durch enge Wege voraus Richtung Hotel.

Am Hotel einigten wir uns auf ein Treffen beim Essen. Sonja wollte noch Unterlagen besorgen, die etwas über das Gebiet aussagen könnten und Avi wollte schwimmen gehen.
Ich war mit Hannah wieder auf dem Zimmer und fragte nach ihren Kopfschmerzen. Die waren schon wieder weg, so schnell wie sie gekommen waren. Ich dachte nach, auch mir war an der Villa etwas merkwürdig gewesen, ein leichter Schwindel nur, aber fühlbar. Hannah hörte sich meine Ausführungen an und ging zu Sonja ins andere Hotelzimmer, auch sie hatte etwas mit einem Schwindelgefühl dort zu tun, schob es aber auf Wassermangel bei sich.
Die Frauen sprachen etwas ab und verabredeten sich, wir Männer sollten im Hotel bleiben bis sie wieder da sind. Mir war es gar nicht recht, die beiden alleine

fahren zu lassen, wer weiß, was die eine fragt und die andere ausplaudert.

Ja, mein schlechtes Gewissen meldete sich, vielleicht sollte ich mit Hannah ganz offen darüber sprechen. Aber geht natürlich auch viel später, oder gar nicht.

Avi kam nach einer Stunde vom Schwimmen zurück, ich erzählte ihm von unserer Vermutung, dass die Kopfschmerzen und das Gefühl des Unwohlseins an der Villa besonders stark ausgeprägt war. Den Eindruck konnte er nachvollziehen, auf der Terrasse oben war ihm auch nicht ganz so gut gewesen.

Mit zwei Bier korrigierten wir an der Bar unser Unwohlsein als die Mädels wieder mit dem Mercedes vorfuhren und gut gelaunt ausstiegen.

Da war mir schon wohler, kein Zickenkrieg, vor allem nicht mit mir. Sonja winkte uns heran, aus dem Kofferraum waren einige schwere Koffer zu holen, Männersache natürlich.

Die Frauen waren noch kurz in Sozopol zum Shoppen eingekehrt und hatten ihre Bademode überarbeitet.

Die Koffer waren mit elektronischem Gerät gefüllt, ohne dass ich erahnen konnte, wofür diese gut sind. Bei solchem neumodischen Kram tue ich mich grundsätzlich schwer, also lass ich es von Hause aus sein, mich damit zu belasten.

Der Weg zur Villa war mit den Koffern etwas anstrengend und mir lief der Schweiß nur so herunter. Der Kommentar von Hannah gab mir zu denken. „Na, sonst schwitzt du doch nur beim Sex, hört man."

Aber sie ging weiter, ohne mich zu Wort kommen zu lassen und drehte sich nur einmal um, grinste wie von Sonja gelernt, in meine Richtung und verschwand im Dickicht des Waldes an der Villa. Avi und ich hatten mit der schweren Ausrüstung da schon mehr Mühe, die Geschwindigkeit der Frauen mithalten zu können.

An der Villa angekommen brauchte ich ein paar Minuten, um wieder zu Kräften zu kommen, war aber froh, dass es Avi nicht besser erging.

Von der Straße her waren Geräusche zu hören und ein paar Soldaten der bulgarischen Armee tauchten auf. Sie kamen mit viel Werkzeug und sollten den Eingang zur Villa aufbrechen. Sonja hatte sie aus Burgas angefordert und die Erlaubnis erhalten, die Villa auch von innen her zu kontrollieren.

Die Metalltür hielt lange stand und wollte den Zugang nicht kampflos räumen, doch ein Akku-Trennjäger machte dem Scharnier den Garaus. Die Metalltür öffnete sich unter Mühen und gab den Weg an die eigentliche Haustür frei. Auch sie war kein Hindernis. Als ein Soldat sie öffnete, war deutlich ein Luftstrom zu hören. Hier war lange niemand mehr im Haus gewesen, drei Etagen lagen vor uns, um in Augenschein genommen zu werden.

Das komplette Haus war leer, nicht mal eine Lampe an der Decke wurde zurückgelassen. Nur auf der Toilette waren die Kloschüsseln noch da. Keine erhöhte Strahlung wurde gemessen, als Sonja die mitgebrachte Elektronik auspackte und aktivierte.

„Was kann das Teil denn?" War meine Frage. Sonja sah kurz auf. „Es soll Anomalien in geologischen Schichten unter uns und in der Luft aufspüren."

Hannah meinte nur kurz, dass ihre Kopfschmerzen wieder zurück sind. Es dauerte nicht lange als in einem der Koffer ein Drucker ansprang und wie wild hintereinander Blätter ausspuckte.
Hannah sah es sich gemeinsam mit Sonja an. Beide bückten sich über die Blätter und mir kam so eine Idee. Die beiden einmal zusammen in einem Bett haben?! Wenn ich im Leben keine Wünsche mehr habe, mein lieber Gott, diesen Wunsch erfülle mir bitte!

Aus meiner Tagträumerei wurde ich schnell wieder ins Jetzt gerissen. Ein Kommando wurde von Hannah gerufen, „Alle raus aus dem Haus, sofort!"

Die Erklärung kam draußen vor der Tür.
Der Luftdruck am Haus war immens geringer als in der weiteren Umgebung, im Haus war er so gering, dass sogar der menschliche Körper schon schnell mit Übelkeit oder Kopfschmerzen reagiert. Aber viel schlimmer war der große Unterdruck, der im Inneren der Villa zu messen war. Man muss es sich nur so vorstellen, man atmet mit offenem Mund immer weiter ein, ein Sog

entsteht und ebenfalls ein Unterdruck im Mund.

Das Gerät hatte unter der Villa einen Hohlraum mit immenser Ausdehnung festgestellt, durch diesen Hohlraum wird die Luft angesaugt und ein Unterdruck in der Nähe der Villa entsteht. Für Vögel, die sich in dieses Gebiet verirren, ist damit keine Navigation mehr möglich und sie fliegen gegen Wände und sterben.

Avi zog sein Handy aus der Tasche und telefonierte auf Hebräisch, ich verstand mal wieder nichts. Hannah lauschte ihm und übersetzte mir alles. Avi hatte um Fotos eines Spionagesatelliten gebeten, dieser erkennt auch Hohlräume und Stollen im Berg.

Diese kamen auch sehr bald per Bilder auf sein Handy und waren mehr als interessant. Der Hügel, auf dem wir standen, war durchlöchert von Stollen und Gängen. Aber keiner von ihnen schien einen Ein- oder Ausgang zu besitzen.

Ein Bild von Google Earth brachte uns auf eine Idee. Mitten auf dem Hügel war eine sandige Stelle zu sehen, da sollte man mal graben. Sonja sprach kurz mit den Soldaten und sie verschwanden. Sonja hatte sie angewiesen, mehr Technik und Mannschaft zu holen, um auf dem Hügel an der sandigen Stelle mit Grabungsarbeiten zu beginnen. Dies war auch nach einer Stunde geschehen. Mit schwerer Technik gruben sich mehrere Einheiten von Soldaten in die Tiefe.

Zeitgleich wurde immer die radioaktive Strahlung in der Umgebung gemessen.

Nach einiger Zeit wurden sie fündig, eine alte Rampe aus Beton kam zum Vorschein. Von einer asphaltierten Straße, die mal zum Baukomplex führte, bog diese Rampe ab und ging in die Tiefe. Zwei Bagger griffen sich abwechselnd Geröll, Schutt und Sand. Zum Vorschein kam ein riesiges Metalltor, schwenkbar und verrostet und fast sieben Meter breit.

Das alte Tor war nicht einfach mit einem Trennjäger zu öffnen, mit schwerer Technik wurde es aus der Verankerung gerissen und gab den Blick in dunkle unterirdische Geheimnisse preis.

Elektronische Luftprüfer wurden fern-gesteuert in den Stollen gefahren, um zu prüfen, ob es möglich ist, sich dort ohne Gesundheitsrisiko zu bewegen. Bald kam die Antwort. Auch ohne Sauerstoffgerät ist der Gang in den Stollen möglich. Wenn man nah genug am Stollen-eingang stand, erfasste einen ein Sog, der aus dem Dunkeln kam, so dass einem unwillkürlich eine Gänsehaut auf dem Arm entstand. Ein Stück Papier, was ich zerknüllte und auf den Boden warf, bewegte sich von selber und wurde in den Stollen gesaugt.

Für uns war hier erst einmal Feierabend, Soldaten kamen mit schwerer Aus-rüstung, Beatmungsgerät und große Scheinwerfer warteten auf ihren Ein-satz. Sonja verkabelte einen Soldaten mit einer Helmkamera und schickte die Einheit in den Stollen.

Egal wer diese Stollenanlage gebaut hat, die schiere Größe ist schon be-eindruckend, doch wo ist der ganze Abraum hin, hatte das keiner gemerkt?

Die frühere Regierung hatte hier etwas gebaut und es gab keinerlei Unterlagen darüber, unvorstellbar!

Die Bilder die uns die Helmkamera schickte, waren beeindruckend, mehrere alte Fahrzeuge standen im Stollen,

Lastkraftwagen und einige Wolga-Limousinen waren schemenhaft auf den Bildern zu erkennen. Das Licht der mitgeführten Lampen reichte nicht aus, um die riesige Anlage auszuleuchten.

Auf dem Hügel nebenan landete in einiger Entfernung ein Helikopter des Militärs und tauchte die ganze Gegend in eine große sandige Staubwolke. Ein Mann stieg aus und kam auf uns zu. Sonja lief ihm entgegen und umarmte ihn. Ich fand ihn viel zu alt für sie und meine Eifersucht kam schon wieder durch. Aber sie klärte die Sachlage auf.

„Darf ich euch meinen Vater vorstellen. General Rutow. Er ist hier zuständig und ich hoffe, er nimmt uns hier nicht unsere Arbeit aus der Hand." Dabei lachte sie ihren Vater an.

Ein freundlicher, gut gekleideter Mann mit grauem Dreitagebart und strengen Gesichtszügen.

Er begrüßte uns freundlich und wandte sich dann an mich. „Wir müssen uns bei Ihnen entschuldigen, Herr Kaiser, die Schrift im Notizbuch des Waffenhändlers ist nachträglich in das Buch geschrieben worden. Wahrscheinlich sogar nach dem Tod des Mannes. Wer es geschrieben hat, müssen wir noch herausfinden, Sie entschuldigen doch?"

Was blieb mir anderes übrig, meine Dienstwaffe möchte ich trotzdem zurückhaben, ohne fühle ich mich so nackig.

Laut General Rutow gibt es weder Hinweise auf ein unterirdisches Stollen-system noch auf den Bau des Ruinenkomplexes auf dem Hügel. Das komplette Gebiet war früher Sperrgebiet und erst als die Ministerin für Bildung sich hier eine Villa errichten ließ, gingen die Bauarbeiten los. In Sofia gibt es vielleicht noch Papiere im Staatsarchiv, aber das dauert ewig bis man in den alten Papierakten etwas findet.

Sonja wollte trotzdem in das Archiv, also sagte uns der General für morgen einen Helikopter zu. Er sollte uns am Hotel abholen und nach Sofia fliegen.

Hier konnten wir eh nicht mehr allzu viel helfen. Erst musste eine Strom-versorgung und Licht in die Stollen gebracht werden. Bis dahin werden wir uns um das Archiv kümmern.

Hannah entschied, sie bleibt mit Avi hier, die Sattelitenbilder müssen noch am Computer ausgewertet werden und jemand sollte die Tätigkeiten am Stolleneingang überwachen. Sonja und ich sollten früh losfliegen und gegen Abend mit hoffentlich guten Nachrichten zurück sein.

Am nächsten Tag kam der Helikopter schon recht früh, landete auf dem Parkplatz vor dem Hotel, staubte alles etwas ein und weckte die anderen Hotelgäste aus der Nachtruhe. An Bord konnten wir nur über den Bordfunk miteinander kommunizieren. Ich fragte Sonja, warum ihr Vater Rutow heißt und sie Rutowa. Sie lachte mal wieder, ich hoffe mich nicht aus.

Im Bulgarischen und Russischen ist immer an einen weiblichen Namen die Endung A zu setzen. Gut, dann würde meine Frau hier ja Kaisera heißen. Man lernt nie aus!

Etwas über eine Stunde dauerte der Flug und der Helikopter setzte mitten im Stadtgebiet in einem aus Polizeiautos gebildeten Kreis auf. Der Berufsverkehr musste warten.

Aus einem grauen Betonklotz kam ein kleiner dicker Mann auf uns zu und schüttelte uns überschwänglich die Hände.

Er sprach Deutsch. „Hallo, sehr willkommen in Sofia, dann auch noch mit der Tochter des Herrn General, kommen Sie, kommen Sie. Ich habe Ihnen den Keller schon aufgeschlossen, schauen Sie, was Sie brauchen. Ich bin oben, wenn Sie Hilfe benötigen."

Er brachte uns durch lange dunkle Gänge, vollgestopft mit Akten, teilweise bis an die Decke. Sonja schaute besorgt. „Hier in Bulgarien ist noch nicht alles von damals aufgearbeitet wie bei euch, es dauert hier ein wenig länger. Vielleicht sollte man es ganz sein lassen, sonst finden sie noch Sachen, die nicht gut sind für die Stimmung im Land, verstehst du!"

Der Keller war muffig und spärlich beleuchtet. Der kleine Dicke ließ uns allein, bloß wo sollte man den hier anfangen?

Jetzt weiß ich, warum Hannah mich mitgeschickt hat. Die kyrillischen Buch-staben waren nur mir noch aus der Schulzeit geläufig. Es machte mir viel Mühe, etwas zu lesen und zu verstehen, aber ich schaute mich mal in den

Schränken und Ablagen um. Sonja tat das etwas professioneller und fing bei A an.
In Aktenbergen stapelten sich Anweisungen und Notizen aus der Zeit vor der Wende. Teilweise noch Dienstanweisungen der verstorbenen Tochter des Regierungschefs von Bulgarien.
Sie schien als Bildungsministerin doch mehr in die tägliche Politik eingegriffen zu haben. Ihre Unterschrift befand sich auch auf Anweisungen für die Polizei und das Komitee für Staatssicherheit.

Mich quälte derweil eine andere Frage:
„Sag mal Sonja, meinst du, Hannah hatte etwas gemerkt an dem Tag?"
Die Antwort wollte ich eigentlich nicht hören. „Ja, hat sie! Sie hatte mich in Sozopol gefragt, ob wir was miteinander hatten."
Mir wurde gerade schlecht und ich stand mit weit aufgerissenen Augen im Keller und dachte an die Scheidungskosten.
Sonja drehte sich zu mir um. „Alter, chill doch mal, ich habe ihr erzählt, dass ich was von dir wollte und du gar nicht wolltest, bist ja schließlich verheiratet.

Ich hatte dich halt überrumpelt mit meiner Aktion."

Ich stand immer noch wie versteinert da. „Hannah wusste, dass du mein Ding im …, ja du weißt schon!" Sie sah zu mir schon wieder mit so einem Grinsen herüber. „Ja, hab ich ihr erzählt, dass ich nur angefasst hab und du dann schon fertig warst."

Oh mein Gott, Hannah weiß von unserem kleinen Zwischenfall, das ist mein Ende! Eindeutig, sie wird mir mein Leben zur Hölle machen!

„Was, was hat Hannah denn gesagt?" Mehr brachte ich nicht heraus. Sonja lachte diesmal lauter. „Na, was wird sie gesagt haben, Männer!"

Wie es nun weiter geht, kann ich bei weitem nicht sagen. Ich liebe Hannah! Doch sie wird mir das nie verzeihen.

Sonja drehte sich wieder zu mir um: „Hilfst du mit oder muss ich alleine suchen? Was glaubst du, macht deine Frau mit ihrem Ex-Mann? Die kennen sich in- und auswendig, da läuft auch was, vertrau mir, ich merke so etwas."

Woher merkt sie das? Woran denn bitteschön? Was hat Avi, was ich nicht habe? Gut, lieber eine andere Frage. Was macht der mit meiner Frau?

„Boh Ion, komm wieder runter, du bist ja so was von spießig, hattest du früher niemals Spaß? Was stimmt mit dir nicht, lass Hannah ein wenig Freiraum."

Sie legte eine Akte aus der Hand und kam auf mich zu.

„Ich habe zwar nicht deine Lebens-erfahrung, aber ich spüre, wenn etwas nicht läuft. Ich habe Hannah gefragt, was los ist, glaub mir, sie braucht auch mal nicht nur immer Leberwurst aufs Brot, verstehst du?"

Leberwurst? Nein, steh grad etwas auf der Leitung, was meint sie nur?

„Gott bist du angespannt Ion!" damit hörte ich wieder wie am Abend in Sozopol meinen Reißverschluss meiner Hose und sah von oben zu, wie Sonja zum Wiederholungstäter wurde. Auch diesmal war es keine Minute und mir wurden die Beine schwach. Sie kam aus der Hocke wieder zu mir hoch, streifte mir meine Hose runter und zog sich vor mir komplett aus. Sind Sie schon mal mit der Hose in der Kniekehle ein Stück gelaufen? Geht nicht wirklich gut!

Aber sie zog mich hinter sich her und legte sich splitterfasernackt auf einen alten staubigen Schreibtisch und öffnete ihre Schenkel. Ich wollte das ja eigentlich nicht, aber sie zwang mich, wirklich! Was sollte ich denn tun, sie hatte mein bestes Stück sicher in der Hand, danach an einer noch schöneren Stelle!

Meine Frage nach Verhütung wurde mit kurzem Nicken bestätigt und wir liebten uns im Keller des Staatsarchivs in Sofia auf einem schmutzigen Schreibtisch. Diesmal dauerte es bei mir etwas länger, aber zufrieden schien sie noch nicht zu sein. Sondern sie dirigierte meinen Kopf indem sie meine Haare hart anpackte in Richtung wohliger Wärme und Nässe zwischen ihren Beinen. Sie entschied, wann ich aufhören durfte, wie nett von ihr!

Ja, jetzt hatte ich wirklich etwas getan, was meine Ehe aufs Spiel setzen konnte.

Sonja stand auf und küsste mich nur ganz leicht auf die Wange und zog sich wieder an, „Glaub mir, alles ist gut."

Hören mag ich's wohl, allein mir fehlt der Glaube!

Ab da ging mir das Suchen leicht von der Hand, nach etwa zwei Stunden fand ich in einer Kiste mit der Aufschrift MS Sofia ein paar alte Bilder.

MS Sofia war doch das Schiff, von dem der Fender aus der Bucht war, den wir eingeklemmt an der Bucht gefunden hatten.

Die Fotos waren alle im Hafen der Stadt Sozopol gemacht worden. Mal mit Regierungschef, mal mit der Besatzung, mal mit Gästen aus aller Welt.

Unseren Erich Honecker erkannte ich sofort, mit Sonnenhütchen und Anzug stand er mit Frau und Gefolge an der Reling des Schiffes.

Sonja nahm ein Foto und steckte es sich ein, sie hatte darauf jemanden erkannt, meinte sie, der dort eigentlich nicht sein durfte.

Ich sparte mir die Frage, aber sie ging zielgerichtet durch den Raum und steuerte auf den Buchstaben M im Archiv zu.

Eine Akte in der Mitte des Schubfaches eines alten Holzschrankes nahm sie heraus und nahm sie einfach mit.

„Wir sind fertig hier, komm wir gehen."

Die Aussage kam etwas kalt und

fordernd rüber. Was habe ich denn nun schon wieder verpasst, hämmerte es mir im Kopf?

Der kleine, dicke Mann kam uns recht schnell entgegengelaufen. Sonja sagte ihm nur, wir borgen uns mal eine Akte aus.
Draußen telefonierte sie mit ihrem Handy.
„Hier für dich Ion." Und warf mir das Handy zu. „Hallo? Ah, ah ja Hannah, gut ich verstehe."
Am Telefon hatten die beiden Frauen abgesprochen, dass wir erst morgen zurückkommen. Sonja und ich müssen vorher noch ins Rilagebirge im Süden, keine Ahnung wozu. Aber Irgendjemand wird mir bestimmt nochmal Auskunft geben können.
Sonja sah verärgert aus, ihre Schritte schienen fester und energischer zu sein als sonst.

Der Helikopter wartete noch auf uns und der Autoverkehr in Sofia war wohl froh, uns wieder los zu sein.
Beim Flug erfuhr ich die neue Sachlage. Auf dem einen Foto war ein Mann zu

sehen, der eigentlich damals Bauer im Gebirge war, in der Akte tauchte er wieder auf. Mit Namen und Decknamen, den Kontakten zu den befreundeten Geheimdiensten und einem Foto von ihm und unserem DDR-Stasi-Nummer-Eins-Star Markus Wolf. Er war die graue Eminenz im Hintergrund des Geheimdienstes der DDR, Fotos von ihm waren bis Mitte der Achtziger Jahre Mangelware.

Meine Frage war natürlich, was wir im Rilagebirge machen. Die Antwort war eigentlich klar. Den Mann besuchen, der eigentlich Bauer sein müsste! Ob der nach all den Jahren noch lebt? Sie meinte schon, denn vorige Woche hatte sie mit ihm noch telefoniert, der Mann ist ihr Onkel!

Schön, wenn es immer wieder kleine Überraschungen gibt.

Meine Gedanken kreisten um Hannah und Avi, ich sah sie vor meinem geistigen Auge nackt durch die Betten toben. Andererseits hatte ich mein Gesicht noch nicht gewaschen und nahm den zarten Geruch von Sonja wahr. Es erregte mich, sie neben mir zu wissen und von nun an von der Erfahrung zehren zu können, die wir Beide miteinander geteilt hatten.

Der Pilot kündigte an, einen kleinen Ort Namens Smochevo anzufliegen, die Behörden vor Ort sind über unsere Landung informiert. Schon der Anflug auf den Ort versprach am Boden interessant zu werden. Große gepflegte Gehöfte, manche mit großem Pool und eine Gegend für Bergwanderer.

Da kam mir meine kleine Holzhütte in Rumänien in den Sinn, ich steh auf solche Orte.

Auf einer Wiese am Rande des Ortes landeten wir, ein Polizeiauto stand schon bereit, um uns abzuholen. Der Pilot flog nach Sofia zurück, um aufzutanken und uns morgen früh wieder an die Schwarzmeerküste zu bringen.

Sonja schien auch hier bekannt zu sein, der Polizist grüßte freundlich und bat uns ins Auto. Keine drei Fahrminuten später standen wir vor einem großen hand-geschnitzten Holztor nach alter Tradition des Balkan-Gebirges.

Eine Klingel gab es nicht, also klopfte Sonja mit der Faust gegen die Pforte.

Eine Weile dauerte es, bis sie sich öffnete. Ein junger Mann mit den Bewegungen eines Einzelkämpfers bat uns herein, der Weg zum Haus schien endlos zu sein und auf der Terrasse winkte uns ein alter Mann zu.

Sonja wurde herzlich von ihm begrüßt und sie stellte mir ihren Onkel Fidan vor, den Stiefbruder ihrer Mutter.

Eigentlich, so war die Geschichte in der Familie, hatte Onkel Fidan sein Vermögen mit dem Handel von Holz und Holzkohle gemacht.

Nach unseren neuen Erkenntnissen steckte wohl mehr dahinter.

Ich wurde von Sonja vorgestellt, der Onkel fragte nur, ob ich ihr Freund bin. So viel verstehe ich von der Sprache auch noch.

Sie stellte mich als Kollegen vor und legte die Akte auf den Tisch und schlug sie auf. Der Onkel war etwas ungehalten und sprach recht laut und aggressiv mit Sonja.

„Onkel Fidan, du sprichst gut Deutsch, es ist nicht höflich, wenn mein Kollege uns nicht versteht."

Er antwortete nicht gleich. „Sonja, es ist auch nicht höflich, in mein Haus zu kommen und mir so alte Sachen auf den Tisch zu legen. Willst du mich kompromittieren mit Dingen, die vor langer Zeit geschehen sind? Die Sache ist vorbei, den Staat von früher gibt es nicht mehr, lass es in Frieden ruhen!"

Sonja sah nicht so aus, als wenn sie dieses vorhatte.

„Onkel, ich bin von der Regierung bevollmächtigt, sämtliche Informationen zu diesem Fall einzuholen, wie es mir passt. Notfalls nehme ich dich auch nach Sofia mit und wir klären es dort."

Hier schienen zwei Dickschädel aufeinander getroffen zu sein, Zeit für mich einzugreifen.

„Entschuldigen Sie, wenn ich mich einmische, wir brauchen Ihre Hilfe. Es geht um ein paar Informationen zu dem Schiff MS Sofia. Sie scheinen ja im Komitee für Staatssicherheit vor der Wende gearbeitet zu haben, einige alte Fotos haben wir im Staatsarchiv gefunden. Wir bearbeiten einen sehr merkwürdigen Fall an der Küste und kommen nicht weiter."

Der alte Mann sah mich eine Weile an, dann die Fotos und die Akte.

„Die haben wohl nicht alle Akten von damals vernichtet, sehr schade! So etwas ist nicht ungefährlich, auch nach so langer Zeit noch. Ja, ich habe für das Komitee gearbeitet, war dort Generalmajor in Zivil. Da hatten wir noch die Macht und konnten die Geschicke des Landes zum Wohl der Menschen leiten und heute? Seht euch um, Armut, Korruption, Schmuggel und ein verfaulender Kapitalismus im Land. Das ist nicht mehr mein Land von früher, macht damit was ihr wollt und lasst mich in Ruhe."

Die Verbitterung stand ihm ins Gesicht geschrieben, ich probierte es aber noch weiter.

„Sie kannten Markus Wolf aus unserem Land?" Er sah zu mir herüber. „Sie sind aus der ehemaligen DDR?"

Ich nickte und sagte ihm, ich hatte dort gerne gelebt. Es war eine glückliche Kindheit damals.

Ein Lächeln huschte über sein Gesicht.

„Ja stimmt! Wir haben ihn Mischa genannt, Markus Wolf, meine ich. Wir waren befreundet, ich war sogar mal mit ihm an einem See in der Nähe von Berlin angeln, der Mann ohne Gesicht. Kaum jemand im Westen wusste, wie es in ihm aussah, die hatten Angst vor ihm. Solche Männer haben geholfen, den imperialistischen Westen in Schach zu halten, damit wir hier in Ruhe leben konnten."

Jetzt zog ich meinen letzten Trumpf aus dem Ärmel. „Mein Vater hatte damals auch für die Staatssicherheit gearbeitet, er hat nie darüber gesprochen, aber es war ein offenes Geheimnis."

Sonja sah mich etwas schräg an. Der Onkel wurde aufgeschlossener. „Seien Sie stolz auf Ihren Vater, er war ein Kundschafter für den Frieden."

Damit stand er auf und holte aus dem Haus Gläser und eine Flasche Schnaps.

„Lassen Sie uns zusammen trinken, auf die alten Zeiten und die alten Kämpfer."

Ich zwinkerte Sonja zu, sie hob nur kurz ihre rechte Augenbraue und grinste mal wieder.

Onkel Fidan schenkte ordentlich ein, hob sein Glas und prostete mir zu.

„Was wollen Sie wissen?"

Na geht doch! Ein wenig mehr Lebenserfahrung hilft manchmal doch weiter als junges Blut, was mit dem Kopf durch die Wand will.

Ich erzählte dem Onkel von der Leiche am Strand, dem Bootsfender mit dem Namen des Schiffes und der unterirdischen Stollenanlage in Arkutino.

Er hörte mir aufmerksam zu, kippte unsere Gläser noch einmal voll. Sonja ließ er diesmal aus. Für sein Verständnis reicht in ihrem Alter ein Glas Schnaps völlig.

Das Hoftor öffnete sich und eine ältere Frau kam mit Einkäufen auf den Hof. Er stellte sie als Sonjas Tante vor und schickte Sonja gleich mit. Sie können sich um die Einkäufe kümmern.

Er möchte mit mir alleine sprechen. Nicht alles, was Erwachsene sich so erzählen, ist etwas für die Ohren von so jungen Dingern.

Beim Verlassen der Terrasse sah ich genau, wie Sonja kochte vor Wut. Diesmal grinste ich und zog die Augenbraue hoch. Einen wütenden Blick bekam ich dafür zurück. Der Onkel rief noch hinterher, die Frauen mögen sich um das Essen kümmern, sein Gast habe bestimmt Hunger.

Der Onkel wandte sich wieder mir zu und kippte die Gläser wieder voll. Mir stieg der Alkohol schon langsam in den Kopf.

„Wie Sonja aussieht, unmöglich in diesem Aufzug, mit knappen Hosen und Oberteil, nicht zu fassen. Meine Tochter dürfte das nicht sein, da hätte es aber Ärger gegeben. Aber sie ist in der Stadt von meiner Schwester und ihrem Mann antiautoritär aufgezogen worden, nun sieht man ja, wo das hinführt. Würde mich nicht wundern, wenn sie sich den Männern aufdrängt."

Ich schweige jetzt mal und warte ab, was er sonst noch zu sagen hat.

„Die alte Anlage in Arkutino ist wieder aufgetaucht, musste ja mal so kommen. Sie wissen, was das mal war Ion? Ich darf Sie doch Ion nennen, ein schöner Name übrigens, rumänisch, wenn ich richtig liege."

Ich nickte und erzählte kurz meine Familiengeschichte.

„Ion ist aber auch ein elektrisch geladenes Atom, das wissen Sie bestimmt."

Ah, er war auch in dieser Sparte gut unterrichtet.

Der Onkel wurde mit zunehmendem Alkoholkonsum redseliger.

„Das Schiff MS Sofia lag bis zur Wende in der Hafenstadt Sozopol und war damals Anlaufpunkt und Treffpunkt für die Geheimdienste des Warschauer Pakts. Auch Staatsgäste durften mal mitfahren, von Erich Honecker, über Fidel Castro und wie sie alle hießen. Nach der Wende wurde sie angeblich verkauft, stimmte aber nicht. Ein ähnliches Schiff wurde nach Indien verkauft und die MS Sofia lag in einem kleinen Hafen in der Nähe von Arkutino. Nur mit neuem Namen und etwas geänderten Aufbauten. Sie blieb eigentlich im Besitz des Komitees für Staatssicherheit.

Glauben Sie mir Ion, es existiert bis heute, genau wie Ihre Staatssicherheit in der Bundesrepublik. Die Politik von heute wird immer noch von uns beeinflusst.

Scheinbar war das Schiff also auf See und hat alte Fender benutzt mit dem alten Namen.

Sie wissen schon, dass im Stollen-komplex von Arkutino mal ein kleines Atomkraftwerk war?"

Nein, war mir neu. Damit erklärt sich vielleicht die gemessene Strahlung, aber wo hatte der Waffenhändler sich dieser Strahlung ausgesetzt?

Der Onkel fuhr fort. „Die damalige Tochter des Regierungschefs wollte ja in Arkutino eine Schule für eine Elite der kommunistischen Jugend aus vielen Ländern des damaligen Ostblocks machen. Die Schule war autark. Mit eigener Stromversorgung durch das unterirdische Kraftwerk, eigener Wasser-versorgung und einer eigenen Land-wirtschaft in der Nähe. Das Projekt erinnerte stark an die Elite der Waffen-SS aus Deutschland im Krieg. Die Schüler sollten besser sein als alles, was sonst so in Universitäten des Westens gezüchtet wird. Ausdauernder und schlauer, das war der Plan von Ljudmila Schiwkowa, der Ministerin für Bildung.

Es gab damals in Sofia ein Treffen vieler Bildungsminister aus den Ostblock-Ländern. Auch Margot Honecker war damals bei den Sitzungen und Pla-nungen anwesend. Sie war begeistert von der Idee einer kommunistischen Weltelite, die geistig wie auch militärisch dem Westen die Stirn bieten konnte.

Leider wurde unsere junge Ministerin von einem anderen Geheimdienst getötet, man fand sie in einem Schwimmbecken, nur ohne Wasser in den Lungenflügeln, also ertrunken war sie nicht.

Damit war auch die Planung der Schule in Arkutino vorbei, die Bauarbeiten wurden auf Befehl der Regierung eingestellt und die Stollen verschlossen. Sämtliche Akten wurden vernichtet, ich weiß es deswegen so genau, weil ich sie vernichtet habe."

Meine Frage folgte auch sofort. „Gibt es denn noch brennfähiges Plutonium in den Stollen?"

Er nickte. „Bestimmt! Tief im Stollen gibt es große Räume mit Bassins voll mit Wasser, darin befinden sich noch welche. Wir haben damals keine mehr von dort an die Oberfläche geholt."

Scheinbar wusste jemand vom Plutonium und wollte es gewinnbringend verkaufen. Da keine Aufzeichnungen mehr existieren, vermisst die Brennstäbe auch niemand, ein Geschäft ohne großes Aufsehen.

Vielleicht hat man einen Gang im Natur-schutzgebiet geöffnet und ein paar Brennstäbe an die Oberfläche geholt und mit dem Schiff versucht, es außer Landes zu bringen.

„Wo ist die MS Sofia denn heute?"

Klar war ich mir bewusst, hier im Gebirge wird er nicht wissen, wo das Schiff sich befindet, aber man kann ja mal nachfragen.

Der alte Mann zog ein nagelneues IPhone aus der Tasche und verblüffte mich etwas, wählte eine Nummer und sprach kurz mit jemandem auf Bul-garisch.

„Das Schiff heißt übrigens jetzt Sozopol, damit brauchten die Initialen „SO" auf allen Gegenständen des Schiffes wie Besteck und Geschirr nicht geändert werden. Sie ist vor ein paar Tagen Richtung Istanbul in See gestochen. Ich weiß aber nicht, wer sie jetzt benutzt. Der Hafenmeister hat nur eine Ein-tragung als gemietet gefunden."

Na also, hier haben wir ja mehr erfahren, als mir vorher bewusst war.

Aus dem Haus wurde das Essen auf die Terrasse getragen. Sonja hatte sich umziehen müssen, ein langärmliger Pullover und eine lange Hose machten aus ihr ein ganz passables Hausweibchen im Gebirge. Als ich ihr das sagte, rammte sie mir ihren Ellenbogen mit Wucht in die Seite, Strafe muss wahrscheinlich sein.

Auch dem Onkel gefiel die Optik der jungen Frau jetzt besser.

Seine Einladung, hier mal eine Woche Urlaub bei ihm zu machen, schien nicht so bei ihr anzukommen.

Ich schätze deftiges Essen, davon wurde reichlich gereicht, zusammen mit einigen Schnäpsen war damit der Tag für mich gelaufen.

Ein Gästebungalow mit zwei getrennten Zimmern stand für uns diese Nacht zur Verfügung.

Der Abend war aber noch nicht vorbei. Der Onkel schien ziemlich trinkfest zu sein und zog meinen Gang ins Bett etwas heraus. Sonja verabschiedete sich schon ins Bett und ich folgte sturzbetrunken eine Stunde später. Der

Selbstgebrannte hat es aber auch so was von in sich.

Ich ließ mich einfach auf das Bett fallen und zog mich mühsam aus und schlüpfte unter die Bettdecke.
Nach einiger Zeit erwachte ich, da ich im Bett nicht mehr alleine war. Sonja hatte es vorgezogen, bei mir zu schlafen mit der Bemerkung: „Die kleine Sonja hat Angst da drüben alleine im Dunklen. Du Onkel, kann ich bei dir schlafen?"
Sehr witzig, ich habe noch den Schreibtisch im Staatsarchiv im Kopf und nun geht das schon wieder weiter. Scheinbar hatte sie Mangels Schlafanzug auch gleich auf sämtliche andere Wäsche verzichtet und führte meine Hand in die Gegenden, wo sie glaubte, festgehalten werden zu müssen.
Als sie mich auf den Rücken warf, konnte ich mich nach all dem Alkohol nicht mehr wehren. Ich wollte es ja, aber körperlich war ich am Ende, also fast! Ich musste es natürlich über mich ergehen lassen und schlief danach gleich ein.

Der nächste Morgen weckte mich mit einem langgezogenen Brummton in meinem Schädel und Kopfschmerzen wie die Welt sie noch nicht gesehen hatte. Langsam versuchte ich in die Senkrechte zu kommen und mich irgendwo festzuhalten.

Neben mir im Bett lag noch eine nackte junge Frau. Mir darüber jetzt Gedanken zu machen war nicht möglich.

Der Spiegel zeigte auch eine Art Zottelbär, er machte Bewegungen wie ich und ich machte mich lieber auf den Rückweg ins Bett.

Sonja wachte auf und grinste mich an. „Du siehst aber gut aus. Gar nicht so einfach, so viel Alkohol in deinem Alter zu trinken." Nicht so laut bitte!

Ein Blick auf unsere Bettwäsche zeigte, was Sonja alles so gestern Abend mit mir veranstaltet hatte.

Da klopfte es an der Tür und Onkel Fidan schaute herein. „Aufstehen, da ist …" Kurz war Ruhe. „Sonja, was soll denn das? Hab ich mir doch gedacht, was du für ein Früchtchen geworden bist, lass Ion in Ruhe! Ach ja, da ist für euch ein Helikopter am Dorfeingang gelandet, ich wollte bloß Bescheid geben und zieh dir endlich was an!"

Sonja hatte kein Problem, ihm zu zeigen, wie sie heutzutage unbekleidet aussah.
Es stimmt! Sonja, lass den alten Ion in Ruhe, er möchte gerne in den Wald gehen und sterben. Ruft mir bitte einen Priester!
Dazu kam es nicht, ich wurde unsanft unter die Dusche gestellt und nach zehn Minuten wieder abgeholt. Trocken rubbeln durfte ich mich selber und anziehen gelang mit Hilfe von ihr.

Der Pilot war schon zu Fuß zum Grundstück gekommen und wartete auf der Terrasse neben einem opulenten Frühstück auf uns.
Tante und Onkel aßen schon, mir wurde schon schlecht vom Hinsehen.
„Esst etwas bevor ihr zurückfliegt. Sonja, ich werde mit deinem Vater mal ein paar ernste Worte wechseln müssen. So geht das nicht weiter, Mädchen."

Das sah ich ähnlich, war mir aber nicht im Klaren, ob ich es wirklich stoppen möchte oder auch nur ansatzweise konnte.

„Ion, Sie sehen furchtbar aus, haben Sie nicht gut geschlafen?"

Ich hatte Beischlaf, daran kann ich mich noch erinnern, danach war ich im Koma, keine Ahnung. Absoluter Filmriss.

Ein trockenes Stück Brot und eine Tasse Kaffee sollten heute als Frühstück reichen, der Pilot drängte zur Eile, wir wurden an der Küste zurückerwartet. Dort hatte man wohl etwas gefunden.

Nach unserer Verabschiedung von Onkel und Tante, die bei mir fast herzlicher ausfiel als bei Sonja, ging es Richtung Helikopter.

Kurz davor hatte mein karges Frühstück die Gelegenheit, wieder den Gang in die Freiheit anzutreten. Sonja verdrehte die Augen. Mir ist es völlig schleierhaft, wie der alte Mann so fit am nächsten Morgen sein konnte, er hatte genauso viel getrunken wie ich.

Vom Flug zurück an die Küste bekam ich wenig mit, aber der Wunsch endlich zu landen war sehr stark in mir, denn das Auf und Ab und dieses Rütteln der

Maschine war heute nichts mehr für mich.

Der Helikopter landete an dem frei-gelegten Stolleneingang in einer großen Staubwolke zur Freude der Um-stehenden.

Hannah und Avi warteten schon auf uns. Ich torkelte etwas benommen aus dem Helikopter und stolperte Richtung Hannah, gab ihr einen Kuss und sie drehte sich angewidert ab.

„Du riechst nach Kotze und siehst aus wie ein überfahrener Waschbär. Was hast du denn gemacht?"

Sonja nahm mir die Antwort vorweg. „Er hat sich mit meinem Onkel zulaufen lassen. Bis es nicht mehr ging. Mit dem war nichts anzufangen, so zu war er, unmöglich der Mann!"

Avi grinste, Hannah sah wütend aus und Sonja schaute mitleidig aber grinsend zu mir herüber.

„Hauptsache ihr seit heute nicht mehr so laut." Ich bat um Verständnis.

Davon hatte Hannah wenig. „Los zieh dich um, wir gehen gleich in den Stollen. Wir haben extra noch auf euch ge-wartet."

Umziehen? Was denn nun noch?

In einem aufgebauten Armeezelt waren Strahlenschutzanzüge bereitgelegt worden. Mir wurde einer zugewiesen und mit Hilfe von Soldaten der Helm fixiert und luftdicht verschlossen, die Sauerstoffbeatmung aktiviert.

Jetzt roch ich es auch, in meinem Anzug riecht es nach Kotze und mir war schon wieder schlecht. Zusammenreißen Ion, einfach zusammenreißen!

Soldaten in Schutzanzügen waren schon in großen Mengen im Stollensystem unterwegs und hatten Licht ins Dunkel gebracht. Das Laufen fiel schwer in den Anzügen.

Am Arm war ein Geigerzähler befestigt, der Strahlung in der Nähe anzeigen konnte. Bis jetzt war noch alles im grünen Bereich.

Das Stollensystem hatte eine Neigung von bestimmt sieben Prozent. Nachher den Weg wieder zurück zu laufen, wird anstrengender.

Meine Füße wurden mir nach einiger Zeit schon schwer, die schweren Stiefel am Fuß machten das Laufen nicht gerade zur Freude.

Vor uns tauchte ein großer Umriss einer Lokomotive auf. Nicht zu fassen, mitten im Berg stand eine alte Lokomotive auf Schienen, die weiter in den Berg führte.

Die Schiene im Meer, an der die Boje befestigt war, fiel mir wieder ein, aber mein Geigerzähler hatte in der Nähe der Schienen bis jetzt keine Strahlung festgestellt.

Es sollte noch fast zehn Minuten dauern bis eine kleine rote Lampe am Geigerzähler verkündete, hier ist etwas nicht in Ordnung. Nach einer Biegung standen wir in einem unterirdischen Hohlraum. Ob der nun natürlich in den geologischen Schichten entstanden war oder von Menschenhand gemacht worden ist, konnte man nicht sehen. Aber am Rand der Höhle stand ein großes Wasserbassin, kyrillische Buchstaben verkündeten: „Achtung, schweres Wasser!"

Wie mir bekannt war, wurde schweres Wasser künstlich hergestellt, um es zur Kühlung von radioaktiven Brennstäben zu nutzen, da es weniger reaktionsfähig ist als normales Wasser und sich Ionen darin nicht so gut verbinden können oder so. Auf jeden Fall ist es für Organismen leicht giftig.

Der Geigerzähler mahnte uns zur Vorsicht, je näher wir an das Bassin kamen. Die Strahlung war schon recht hoch, aber Dank unserer Schutzanzüge noch nicht gefährlich.

Beim Hineinsehen von oben sah man unter Wasser einige Stäbe stehen, wahrscheinlich waren das die Brennstäbe.

Ein Soldat zeigte auf eine Stelle unter Wasser, dort fehlte ein Stab und nur die Halterung war zu sehen. Hier schien sich jemand bedient zu haben.

An den Wänden der Höhle standen Metallhäuschen mit kleinen Fensterscheiben, wahrscheinlich früher als Kontrollraum genutzt. An der Decke hing ein Laufkransystem, das bis zu einem weiteren Bassin führte. Dieses war um Längen größer und hatte sogar eine Art Steg. Zum Baden war es bestimmt nicht geeignet.

Der Soldat zeigte auf die Wasseroberfläche. Diese fing an zu brodeln und Luftblasen stiegen auf. Langsam kam ein kleines Unterseeboot der bulgarischen Armee zum Vorschein und tauchte komplett auf.

Es gibt also einen direkten Zugang zum Meer.

So war der Brennstab aus der Höhle gebracht worden. Da muss noch einer ein kleines Unterseeboot besitzen und hat sich hier bedient.

Wir hatten fürs Erste genug gesehen. Der Rückmarsch war anstrengend. Mir ging es gleich besser, als mir der Anzug abgenommen wurde, nachdem wir in einer Dekontaminierungszelle abgeduscht worden waren.

Langsam kehrte auch mein Appetit zurück und ich fragte, ob wir uns Richtung Hotel aufmachen wollen, um etwas zu essen.

Mit der Idee stand ich als Einziger da. Alle hatten etwas zu tun, nur mir war klar, der Fall ist aufgeklärt. Fertig!

Es könnte jetzt auch nach Hause gehen.

Das sah Hannah anders. Das Schiff und der Zielhafen mussten gefunden werden. keiner weiß, was mit dem Brennstab angestellt werden soll.

Avi hatte sich schon um Sattelitenbilder und einer Peilung des Schiffes gekümmert.

Laut seiner Sattelitenbilderauswertung war das Schiff an dem Tag, als der Waffenhändler gefunden wurde, sehr weit draußen auf dem Meer. Danach nahm es Kurs Richtung Istanbul, überquerte den Bosphorus und das Marmarameer, ohne irgendwo an Land Station zu machen. Durch die Ägäis fuhr es an Kreta vorbei bis an die nordafrikanische Küste in libysche Hoheitsgewässer.

Avi, Hannah und Sonja schienen alle mit vielen Telefonaten ihren Job sehr gut nach außen hin darstellen zu wollen.

Ich saß auf einem Stein und wartete mal wieder bis mich einer zum Essen begleitete.

Hannah und Sonja steckten die Köpfe zusammen, bis Hannah die Katze aus dem Sack ließ.

„Wir machen uns jetzt fertig und packen. In Burgas steht in drei Stunden ein Flugzeug für uns bereit und fliegt uns nach Nordafrika."

Nordafrika? Ganz toll, ich würde mich auf mein Bettchen freuen und möchte

nicht in der Weltgeschichte herum-
fliegen.
Diese Freude sollte mir nicht vergönnt
werden. Im Hotel wurde eiligst gepackt
und ich hatte etwas das Gefühl, als ging
mir Hannah absichtlich aus dem Weg.
Mir brannte da noch etwas auf der Seele
und ich wollte ganz offen mit ihr darüber
sprechen. Wie sich das Verhältnis der
Frauen danach verhält, möchte ich mir
gar nicht ausmalen.

Koffer und Ausrüstung passten gerade
so in den Mercedes und Sonja machte
dem Gefährt deutlich, wie eilig wir es
hatten. Auf Deutsch, es ging volle Lotte
durch die Landschaft bis nach Burgas.
Auf dem Flughafen wartete schon eine
Militärmaschine im grünbraunen Tarn-
gewand. Mehrere Soldaten begrüßten
uns und halfen uns, das Gepäck zu
verstauen.
An der Maschine fehlte so jeglicher
Hinweis auf Hoheitszeichen oder Ruf-
zeichen, sehr merkwürdig!
Die Soldaten sprachen auch kein Bulgarisch, sondern Hebräisch. Avi schien
auch einige der Soldaten zu kennen.

Wie ich von ihm erfuhr, waren wir von einer israelischen Spezialeinheit an Bord genommen worden. Sie sollte uns bei der Wiederbeschaffung des Brennstabes unterstützen und gegen die Diebe notfalls mit Gewalt vorgehen.

Vier Stunden sollte der Flug gehen, Zeit sich etwas auszuruhen.
Hannah saß neben mir im Flugzeugsitz. Mein Versuch, ihre Hand zu nehmen, scheiterte. Sie wollte nicht, sah mich nur etwas merkwürdig an und schaute weiter in ihren Computer. Auf der anderen Seite der Sitzreihe schlief Sonja, ihr Haar lag wie drapiert und gekämmt auf der Sitzlehne und schimmerte schwarz glänzend in der Sonne, die durch das kleine Flugzeugfenster fiel. Mein Gott, ich war wohl etwas verschossen in Sonja. Es durfte nicht sein, aber Gefühle sind nun mal da, wie soll man die unterdrücken? Nur, wenn der Fall schnell abgeschlossen wird, können wir nach Deutschland zurück und ich bekomme Sonja wieder aus meinem Kopf oder doch aus meinem Herz?!

Hannah musste meine Blicke gesehen haben. „Na Ion, noch nicht genug geschaut?"

Das klang nicht gut. Ich nahm all meinen Mut zusammen und begann zu reden. „Hannah ich muss mal mit dir reden!"

Sie schaute kurz zu mir. „Worüber? Das du was mit Sonja hast? Meinst du vielleicht, ich merke nicht, was los ist? Klar, sie ist jung und schön und bestimmt der Kracher im Bett, oder?"

Ihre Stimme wurde schon etwas lauter. Sonja wachte davon auf und sah zu uns herüber und schaute mich fragend an.

„Hannah, glaube mir…" Weiter kam ich nicht. Sie klappte ihren Computer zusammen und stand auf. „Wenn du eine Jüngere im Bett brauchst, musst du es mir nur sagen, ach macht doch Beide was ihr wollt."

Damit verschwand sie im hinteren Teil des Flugzeugs. Sonja stand auch auf und setzte sich neben mich.

„Lief nicht so gut, oder? Ich rede mal mit Hannah. War klar, dass es so kommt."

Sie gab mir einen Kuss auf die Wange, mein Herz war hin- und hergerissen. Ich liebte Hannah doch noch, aber hatte mich auch voll in Sonja verguckt.

Wir fliegen doch jetzt nach Nordafrika, da darf ein Mann doch mehrere Frauen haben, genau so etwas brauche ich jetzt. Sonja ging zu Hannah nach hinten und setzte sich neben sie. Gleich werden die israelischen Soldaten jede Menge zu tun haben, um zwei kampferprobte Amazonen auseinander zu bringen. Ich rutsche lieber etwas tiefer in meinen Sitz. Vogel-Strauss-Taktik, Kopf in den Sand, bin einfach nicht da.

Nach etwa zwanzig Minuten war es doch merkwürdig still im Flieger, kein Gekreische und Gezeter, kein Blut, was von innen an die Fenster spritzt. Also drehte ich meinen Kopf ganz langsam zu den Frauen. Sie saßen immer noch nebeneinander.

Doch sie lachten leise miteinander und schienen die besten Freundinnen zu sein.

Wie soll sich ein Mann da verhalten? Falsch natürlich, so etwas steht auch nicht in einem Handbuch, falls es eines gibt. Im Kapitel drei zum Beispiel müsste stehen, neue Freundin kommt mit der Ehefrau zurecht und beide scherzen miteinander, folgendes müssen sie jetzt sagen.

„Ich möchte euch Beide gern zusammen im Bett haben!" Gut, ich sollte dieses Buch dann doch nicht schreiben, die Scheidungsrate nach meinen Ratschlägen wäre hoch.

Avi kam Gott sei dank zu mir und setzte sich neben mich. „Na Alter, was hört man denn da so, die Hübsche aus Bulgarien hat es dir angetan? Du alter notgeiler Windhund!"
Sehr lustig, genau das brauche ich jetzt, er sollte mir mal lieber einen Tipp geben, wie ich Hannah wieder für mich gewinnen kann.
Der Tipp kam auch ohne meine Frage an ihn. „Hör zu Ion, du hast keine Ahnung, was in Hannah vorgeht, oder? Sprich mal richtig mit ihr, nicht nur oberflächlich, sie hat es nicht verdient, links liegengelassen zu werden. Ich war schließlich auch mal mit ihr verheiratet und zwar länger als du mit ihr."
Damit stand er wieder auf und ging auch in den hinteren Bereich des Flugzeuges.
Toller Tipp, ich war kein Stück schlauer.

Sicherheitshalber blieb ich auf meinem Sitz, in einer Stunde sind wir ja schon da, als Sonja zurückkam und sich zu mir setzte. Wie sie sich bewegt und ihre kleinen Grübchen am Mund, Mist ich war wirklich voll verliebt. Das musste ich mir wohl eingestehen.

Sonja legte ihren Kopf an meine Schulter und nahm meine Hand und legte sie auf einen ihrer Schenkel. Was soll das denn nun wieder. Wenn Hannah das sieht macht sie Hundefressen aus meinen Eingeweiden. Sonja schaute mich an.

„Sprich mal, wenn Zeit ist, mit deiner Frau, glaube mir, es wird sich alles klären."

Aha, es klärt sich alles!

Was kostet eigentlich eine Scheidung in Deutschland, mein Konto wird sich danach auch geklärt haben.

Es dauerte nicht mehr lange als der Pilot uns die Landung in Tripolis, der Hauptstadt von Libyen, ankündigte. Hannah und Sonja tauschten die Plätze und ich verstand so rein gar nichts mehr. Wie können die beiden Frauen nur so normal miteinander umgehen, in meiner kleinen Männerpsyche war dafür keine Antwort hinterlegt.

Sonja schaute aus dem Fenster. „Cool, da sieht man schon die Sahara." Hannah stand auf und beide Mädels schauten Kopf an Kopf aus dem Fenster und freuten sich, gelben Sand zu sehen. Nein, ich bleibe hier sitzen und schaue weder links noch rechts raus. Allerdings war rechts türkisblaues Meer mit kleinen Fischerbooten darauf zu sehen.

Ein wenig Urlaubsflair stellte sich bei mir spontan ein. Zehn Minuten später stand das Flugzeug vor dem Terminal des Flughafens Tripolis. Bin mal sehr gespannt, was die moslemische Regierung sagt, wenn sich israelische Soldaten auf ihrem Territorium befinden.

Sie freuten sich! Eine Abordnung der Übergangsregierung begrüßte uns noch auf dem Rollfeld. Informationen wurden ausgetauscht und uns Fahrzeuge mit Begleitschutz zur Verfügung gestellt.

Ein seltenes Bild, verschiedene, eigentlich verfeindete, Religionen können hier wunderbar zusammenarbeiten, ohne sich gegenseitig die Köpfe einzuschlagen.

Avi hatte erfahren, die Libyer wollen keine illegalen Atombrennstäbe im Land haben, woraus vielleicht noch eine Bombe gebaut werden kann. Da waren sie dankbar für jede Hilfe, egal woher sie kommt.

Laut libyscher Küstenwache war das Schiff Sozopol wieder außerhalb des Hoheitsgebiets von Libyen, doch man wollte eine Fregatte in die Richtung schicken, um das Schiff auch auf internationalem Gebiet abzufangen.

Avi wollte dort mit uns Allen mitfahren, also brachte man uns zum Hafen.

Die Fregatte hatte schon mal bessere Jahre gesehen, war aber fahrtüchtig, trotz des Rostes, der überall zu nagen schien.

Schon fünf Minuten nach unserer Ankunft legten wir ab. Avi kümmerte sich um die Position des Schiffes Sozopol und die Fregatte nahm Kurs darauf, als auf der Brücke ein Funkspruch eintraf. Ein amerikanischer Zerstörer hatte unseren Militärfunk verfolgt und bot an, uns behilflich zu sein. Avi sprach mit dem amerikanischen Kapitän des Zerstörers und stellte sich als Agent des israelischen Geheimdienstes Mossad vor, erzählte ihm von der Verfolgung des ge- stohlenen radioaktiven Materials.

Nach kurzer Funkstille wurde von ameri-kanischer, offizieller Stelle die Sache als internationaler Zwischenfall bestätigt und der Marschbefehl Richtung Schiff Sozopol erteilt.

Die Sozopol war nur noch ein paar See-meilen entfernt, sie schien an Fahrt zu verlieren und unsere Fregatte wurde gefechtsbereit gemacht. Mit Ferngläsern in der Hand suchten wir den Horizont ab, da tauchte das weiße, alte Schiff auf.

An Deck erklang eine Sirene und die Bordgeschütze wurden in Richtung ge-dreht. Linker Hand, etwas hinter uns, tauchte ein weiteres Kriegsschiff auf, deutlich sah man im Fernglas den amerikanischen Zerstörer unter Voll-dampf näher kommen. Vom Deck der Amerikaner stieg ein Kundschafter-Hub-schrauber auf und nahm Kurs auf die Sozopol.

Sie schien ihre Maschinen gestoppt zu haben und schaukelte etwas in den Wellen. Im Funk war eine Anweisung an die Sozopol zu hören, Maschinen Stopp und beidrehen, Soldaten kommen an Bord.

Keine Reaktion von der Gegenseite, der Funk blieb ruhig. Vom Zerstörer wurden vier Salven aus den Bordgeschützen vor die Sozopol platziert. Wasserfontänen spritzten vor dem Schiff hoch. Die libysche Fregatte tat es den Amis gleich und feuerte hinter die Sozopol mehrere Salven ins Wasser, hohe Fontainen mit weißer Gischt spritzten hoch.

Immer noch keine Reaktion, der Hubschrauber war am weißen Schiff angekommen und Marineinfanteristen seilten sich aufs Schiff ab. Nach nur kurzer Zeit nahm der Hubschrauber die Soldaten wieder auf und ein Funkspruch erreichte uns.

Das Schiff ist ohne Besatzung, einfach sich selbst überlassen worden und trieb steuerlos im Mittelmeer.

Eine recht große Radioaktivität war an Bord aber messbar. Zu wenig, um dass es ein Brennstab sein konnte, der sich dort noch befand und zu viel für ein normales Schiff.

Unter Deck habe man eine Art Schleuse entdeckt, wahrscheinlich für die Aufnahme eines kleinen Unterseebootes.

Avi klärte etwas mit den beiden Kapitänen der Kriegsschiffe.

An Deck hörte man schon wieder die Sirene und ein Sperrfeuer aus einem Bordgeschütz nahm die Sozopol als Ziel. Auch der amerikanische Zerstörer feuerte mehrere lange Salven ab, dass alte Schiff wurde schwer an vielen Seiten getroffen, bekam Schlagseite und trieb noch etwas auf der Wasseroberfläche. Ein Torpedo der Amerikaner machte dem Spiel ein Ende, eine heftige Explosion erschütterte das Meer, Wasser spritzte in hohen Fontänen mit Trümmerteilen kreuz und quer über die Detonations-stelle. Nur noch ein paar schwimmfähige Dinge schwammen auf der Oberfläche des Mittelmeeres, die Sozopol, das einstige Prachtschiff der bulgarischen Kommunisten war Geschichte.

Nach nur ein paar Minuten war außer kleineren Trümmern und einem Öl-teppich nichts mehr vom Schiff übrig geblieben.

Ein Beiboot des amerikanischen Zer-störers kam längsseits an die libysche Fregatte und wohl seit Jahrzehnten gaben sich Libyer und Amerikaner mal wieder die Hand. Ein ungewohntes Bild, machte es doch Hoffnung auf die Zukunft.

Bei uns an Bord wurde die Lage besprochen und Filmmaterial von Helmkameras der Marineinfanteristen ausgewertet.

Eine eingebaute Luftschleuse in den Tiefen des Schiffsrumpfes deutete auf die Mitnahme eines kleinen Unterseebootes unter dem Rumpf der Sozopol hin. Diese schien nachträglich in den Rumpf eingebaut worden zu sein, zu modern waren die elektrischen Versorgungsleitungen für das Unterwasserfahrzeug.

Avi hatte in der Zwischenzeit die Satellitenbilder der Fahrtroute der Sozopol auf dem Tisch. Kurz vor Tripolis war sie recht nah ans Festland gekommen.

Wenn dort der Punkt war, wo sich ein Unterseeboot vom Mutterschiff gelöst hat, kann der Radius bestimmt werden, wie weit etwa der Treibstoff oder Batterien unter Wasser reichen.

Die Stelle, wo das Boot an Land kommt, die müssen wir finden.

Eine Landkarte der nordafrikanischen Küstenlinie verhieß nichts Gutes, endlose Kilometer unbewohnten Gebiets, Staub und Einöde von Tripolis bis ins tunesische Gabes.

Hier irgendwo mit einem kleinen Unterseeboot in einer kleinen Bucht in der Nacht anlanden und den Brennstab auf einem Fahrzeug weiter durch das Land bringen, fällt hier nicht mal auf.

Mit den Amerikanern vereinbarten wir eine Arbeitsteilung. Für sie blieb die Drohnenüberwachung, für uns die Feldarbeit vor Ort.

Per Funk wurde die libysche Regierung über die Mitarbeit aus Washington informiert, sie waren aber nicht sonderlich begeistert davon. Israelis und Amerikaner in der Nähe deutet ihrer Meinung nach auf militärische Intervention.

Bei der tunesischen Regierung sah es schon etwas freundlicher aus und uns wurde uneingeschränkte Unterstützung garantiert.

Da ich schon einmal beruflich in Tunesien zu tun hatte, wurde ich für dieses Land eingeteilt. Bin mal gespannt, wer mir noch zugeteilt wird. Innerlich

hoffte ich auf Sonja, aber diese Ent-
scheidung lag nicht bei mir.
Die Zentrale von Interpol hatte sich
eingeschaltet und zur Unterstützung
mehrere Mitarbeiter nach Nordafrika
abkommandiert. Diese sollten wir in
Tripolis treffen, in Tunesien warten dann
meine alten Kollegen vom Bundeskriminalamt auf uns.

Sonja schien sich hier in Nordafrika nicht
so sehr wohl zu fühlen, sie war
schweigsam. Auf meine Frage, was denn
los sei, meinte sie: „Ich fühle mich etwas
fehl am Platz, in Bulgarien habe ich
Befugnisse, aber hier kann ich nichts
machen außer beobachten."
Da hatte sie wohl Recht.

An Land wollte Interpol die Kräfte bün-
deln und eine neue Strategie planen.
Die Zeit drängt! Wenn das radioaktive
Material in die falschen Hände kommt,
kann es gefährlich werden. Zu viele
radikale Gruppen sind an solch einem
Material interessiert und wenn es erst
einmal in Nordafrika untertaucht, dann
haben wir keine Chance mehr, es zu
finden.

Radikale Gruppen und Warlords sind hier in der Gegend seit dem Sturz von Machthaber Gaddafi immer wieder militärisch aktiv und von der Übergangsregierung nicht kontrollierbar.

An Land erwartete uns in Tripolis das Hotel Radisson Blu Al Mahary, eine Nobelherberge gleich in der Nähe des Mittelmeeres und der Prachtstraße Corniche.

Schon ein merkwürdiges Gefühl, hier in Tripolis zu sein, hört man doch in deutschen Nachrichten nur von Bürgerkrieg und Armut. So sieht es hier gar nicht aus, Wohlstand und Luxus umgeben das Hotel. Wie es tiefer in der Stadt aussieht, kann ich nicht sagen. Das Land scheint wieder in Richtung Normalität zu steuern und das ist gut so!

Hannah vermied es, wenn es ging, mit mir zu lange alleine zu sein. Unser gemeinsames Zimmer mit Doppelbett hatte einen wunderschönen Blick auf das Meer. Der Golf von Tripolis glänzte silbern in der Sonne und lud zu einem Strandspaziergang ein. Doch davon wollte Hannah nichts wissen, unsere

Besprechung im Tagungsraum war wohl wichtiger und sie trieb mich zur Eile an.

Es waren einige Mitarbeiter dazu gekommen, der Tagungsraum füllte sich langsam. Eine Hand spürte ich auf meiner Schulter und ich drehte mich um. Ein alter Kollege aus dem Bundeskriminalamt stand vor mir. Braungebrannt, mit Badelatschen, kurzen Hosen und zerschlissenem Oberteil.

„Hallo, Michael, na hat dich Berlin mal wieder in die Wüste geschickt?"

Er war unser Verbindungsmann in Nordafrika, kannte sich hier aus, sprach arabisch und konnte so unerkannt untertauchen.

Damals in der Zeit der Revolutionen in Tunesien, Libyen und Ägypten hatte er einen großen Anteil daran, deutsche Staatsbürger gesund und munter wieder in die Heimat zu bekommen.

Wenn er mit im Team war, wurde mir der Einsatz gleich sympathischer.

Wir plauderten eine Weile und ich stellte ihm unsere anderen Begleiter vor.

Er hatte immer schon einen Blick für das Wesentliche. „Sag mal Ion, wenn das da deine Frau ist, wieso hast du dann nur Blicke für die kleine Dunkelhaarige?"

Bin ich wirklich so sehr zu durch-
schauen?

Nach der radioaktiven Substanz wurde
jetzt International vereint gesucht, von
Israelis, Amerikanern, Nordafrikanern
und Europäern.
Der Vorfall schien erheblich mehr Wirbel
gemacht zu haben, als wir es in
Bulgarien noch geahnt haben.
Ein Mann im Anzug erschien am Podium
und stellte sich als Leiter der Operation
vor, seinen Namen verschwieg er, aber
Hannah schien ihn zu kennen. Er bat sie
zu sich und ernannte sie zur
Operationschefin, also hatte sie mal
wieder das Sagen.
Es sollten sich Teams bilden, maximal
vier Mann für ein Fahrzeug, diese
werden uns heute noch ausgehändigt.
Die Zuteilung der Mitarbeiter erfolgte
nach Richtlinien der Ausbildung und des
Könnens, Namen wurden genannt und
man sollte sich zu den Genannten
setzten.
Hannah las die Namen vor, als meine
Gruppe an der Reihe war, hörte ich nur:
„Ion, Michael, Avi und…", da stockte

Hannah etwas und sah zu mir herüber, „...Sonja."
Der Blick von Hannah war weniger schlimm als ich befürchtet hatte und so überkam mich innerlich eine wohlige Wärme, ich vermied es aber, Sonja gleich anzusehen.

Alle formierten sich in ihren Gruppen, Sonja kam zu mir an einen Vierertisch und setzte sich neben mich. Unsere Knie berührten sich und es machte mich glücklich, sie neben mir zu wissen.
Unter dem Tisch nahm sie meine Hand und drückte sie ganz leicht. Nur Michael, der mir gegenüber saß, grinste wie ein Honigkuchenpferd.
„Na Mädels, dann werden wir mal unseren Schlachtplan entwickeln."

An der Stelle, wo das Schiff Sozopol etwas weiter Richtung Küste gefahren war, wurden von einem Satteliten keine verdächtigen Bewegungen in dieser Zeit registriert. Laut Küstenwache gibt es gar nicht so viele Möglichkeiten für ein Unterseeboot, an der Küste anzulanden. Teilweise beträgt die Wassertiefe vor der Küste nur zwei Meter, damit wäre das

Boot von oben sichtbar. Nur an bestimmten Punkten, wo sich auch Häfen befinden, da könnte so ein Boot bis zum Land fahren. Es blieb also nur Tripolis, Sabratha, Zuwara und dann in Tunesien die Hafenoase Zarzis.

Meine Vierergruppe bekam die weiteste Fahrtroute zugewiesen, Zarzis in Tunesien! Die Fahrdauer mit Grenzübertritt beträgt fast vier Stunden, also wird es Zeit für uns, die Fahrzeuge aufzusuchen. Mein ehemaliger Kollege hatte schon ein Fahrzeug, er war von der Touristeninsel Djerba gestartet. Seine Einladung an Avi, bei ihm mitzufahren, kam mir sehr gelegen.

Als Michael in seinen Audi stieg, wünschte er uns eine gute Fahrt, grinste und fuhr schon mal mit Avi die Route voraus.

Auf uns wartete ein Toyota Geländewagen, genau richtig für diese Gegend hier, da kann man auch mal kurz in sandige Regionen vorstoßen.

Wir verluden Teile unserer Ausrüstung und das Gepäck, Sonja machte es sich derweil auf dem Beifahrersitz bequem, zog ihre Schuhe aus und parkte ihre

hübschen Beine auf dem Armaturenbrett. Da soll man sich auch noch auf die
Straße konzentrieren!

Aus dem Hotel kam Hannah auf mich zu,
sah kurz zu Sonja in den Geländewagen
hinein und schaute mir tief in die Augen.
„Viel Spaß, melde dich, wenn ihr was
findet. Wenn der Job hier vorbei ist,
sollten wir mal überlegen, wie es mit uns
weiter geht, meinst du nicht?"
Den Ton von ihr kannte ich, er war
immer dann von ihr zu hören, wenn es
um etwas Existenzielles geht. War meine
Ehe schon vorbei? Ich konnte mir diese
Frage nicht wirklich beantworten, zwei
Frauen gleichzeitig zu lieben, passiert
bestimmt nur mir, oder nicht?
Man verguckt sich halt mal, aber aus
dem Vergucken ist mit Sonja schon
mehr geworden. Aber wieso denkt sie,
es regelt sich alles?
Normalerweise kratzen sich doch Frauen
gegenseitig die Augen aus, aber im
Flugzeug sah es nicht so aus.

Als ich mir den Fahrersitz einstellte,
schaute ich zu Sonja, die ihr hübsches
Gesicht gerade in die Sonne hielt.

„Sag mal, wie meintest du das im Flugzeug? Ich sollte mit Hannah reden, aber sie geht mir aus dem Weg. Ihr tut miteinander so, als sei nichts passiert, habt sogar zusammen gelacht im Flieger. Ich verstehe es einfach nicht, Hannah lässt uns zusammen nach Tunesien fahren, obwohl sie weiß, was passieren wird."

Sonja schaute mich an: „Was passiert denn?" Tat sie nur so, oder wollte sie die Antwort von mir hören.

„Mensch Sonja, ich habe mich völlig in dich verliebt, ich könnte platzen. Auf der einen Seite sehe ich Hannah und auf der anderen dich, ich weiß nicht mehr, was ich tun soll! Wenn ich dich nur ansehe, könnte ich schon wieder mit dir, na du weißt schon."

Sie unterbrach mich, indem sie sich zu mir komplett herüberdrehte und mich mit einem sehr aufreizenden Blick ansah. Ihre Lippen öffneten sich leicht und ihre vorwitzige Zunge leckte kurz über ihre Oberlippe.

Musste das denn nun auch noch sein? Eine Antwort von ihr bekam ich nicht, aber eine Hand von ihr auf meinen rechten Oberschenkel. Da blieb sie nicht sehr lange, wanderte etwas höher und meine Tauglichkeit ein Kraftfahrzeug zu führen, schränkte sich merklich ein.

An einem kleinen Abzweig an den Ausgrabungsstellen der antiken Stadt Sabratha steuerte ich den Toyota über Sanddünen hinweg Richtung Strand und kam in einem kleinen Palmenhain mitten im Nichts zum Stehen.

Die halbe Stunde Pause, nachdem der Druck bei uns wieder den Normalzustand erreicht hatte, gönnten wir uns und die nächste halbe Stunde waren wir damit beschäftigt den feinen Saharasand aus Körperstellen zu sammeln, wo er nicht hingehört.

Meine Ehe war so etwas von erledigt, ich hoffe Sonja spielt nicht nur mit mir. Für mich wurde die Sache sehr ernst. Auch nach der kleinen Anekdote in den Dünen schien mir Sonja die Situation nicht weiter erklären zu wollen.

„Sonja, ich muss wissen, was du fühlst! Lass mich nicht in der Luft hängen, bitte!"

Sie nickte nur kurz. Eine Weile dauerte es, bis sie etwas sagte. „Weißt du Ion, ich genieße die Zeit mit dir total und glaube nicht, ich will deine Ehe zerstören. Die Frage ist doch eher, gibt es da überhaupt noch etwas zum zerstören? Hannah hat weder eure Ehe noch dich aufgegeben und möchte dich bestimmt auch nicht an mich verlieren. Wenn der Fall abgeschlossen ist, solltest du mit Hannah unbedingt mal darüber reden. Wenn das geschehen ist, rede ich auch mit euch Beiden, okay!"

Vielleicht ist ein Mann vom Gefühl her etwas zurückgeblieben, was wollte sie mir denn damit sagen? Wenn ich noch einmal nachfrage, dann bin ich der emotionslose Klotz, der nur an Sex denkt. Mach ich aber gar nicht!

Sie schien meine Zwickmühle, in der ich steckte, nicht erkennen zu wollen, oder schwieg aus voller Absicht.

Ich probierte trotzdem noch etwas. „Sollten wir vielleicht nicht gleich zu Dritt miteinander reden?"

Sonja verdrehte die Augen. „Ion, zuerst redest du mit Hannah. Wenn ihr alles auf den Tisch gepackt habt, dann komme ich mal dazu und spreche über das, was mich bewegt, Punkt! Hast du das jetzt verstanden?"

Musste ich wohl, sah aber darin wenig Logik. Klar ich hatte panische Angst, so ein Gespräch mit Hannah zu führen, es stand doch so viel auf dem Spiel. Aber was kann man denn dagegen tun, wenn man sich verliebt?

Die langen Beine meiner Begleiterin wurden wieder auf dem Armaturenbrett geparkt, auch zur Freude der Grenzposten, die uns ungehindert durch die Diplomatenfahrspur am Grenzübergang winkten.

Draußen war das Thermometer schon auf über dreißig Grad geklettert, die Straßen Richtung Zarzis waren kaum noch gefüllt, als mein Handy klingelte. Hannah war dran. „Na, es dauert ja so lange bei euch, habt ihr noch eine Pause gemacht? Ich habe euch jetzt auf einem Drohnenbild gefunden."

Ach du meine Güte, hoffentlich nicht auch in den Dünen hinter Tripolis, da wäre der Scheidungsgrund schon auf einem Foto gebannt.

Die Frage danach sparte ich mir lieber.

Hannah wollte Sonja sprechen und ich gab das Telefon weiter. In den libyschen Häfen gab es wohl keine Hinweise auf ein kleines Unterseeboot, keine erhöhte

Strahlung und niemanden, der etwas gesehen hatte.

Die Hoffnung lag jetzt bei uns, Michael und Avi waren wohl schon eine Weile vor uns im Hafen von Zarzis angekommen. Satellitenbilder aus der Gegend wurden soeben ausgewertet, sobald es Hinweise gibt, meldet sie sich wieder. Sonja legte auf.

Eigentlich wollte ich noch mit Hannah kurz sprechen, aber das hatte sich wohl erledigt.

Der Hafen von Zarzis kam in Sichtweite. Das tunesische Militär war über unser Erscheinen schon informiert worden und winkte uns in den umzäunten Bereich des Hafens.

Michael und Avi warteten schon am Audi. „Na, noch irgendwo ne Pause in den Dünen gemacht? Wir warten hier schon eine Stunde auf euch."

Aha, die Stunde könnte hinkommen. „War voll auf den Straßen, hat etwas gedauert." Meine Ausreden waren auch schon mal besser.

Michael musterte Sonja von oben bis unten. „Du hast noch Sand am Hals Sonja, mach lieber die Seitenscheibe zu, der Wüstensand ist tückisch hier, der klebt einem glatt überall." Dabei schob er sich die Sonnenbrille wieder hoch auf die Nase und winkte zu Avi.

„Gibt es etwas Neues von den Satelliten?"

Sonja steckte ihm nur die Zunge heraus, Michael lachte und Avi schüttelte den Kopf.

Die ganze Küstenlinie wurde hier wohl überwacht, Avi schaute sich alles auf dem Computer an. Der Hafen war schon vom tunesischen Militär nach erhöhter radioaktiver Strahlung untersucht worden, auch hier war nichts gefunden worden. Langsam gingen uns die Optionen aus, noch weiter nördlich dürfte die Reichweite eines so kleinen Unterseebootes kaum reichen.

Avi suchte weiter. An einer Stelle im Meer wurde er fündig, eine Welle mit weißer Gischt im Meer schien in die falsche Richtung zu gehen. Der Bereich wurde von ihm weiter unter die Lupe genommen. Was heutzutage auf Fotos elektronisch rauszuholen ist, dass hätte man sich vor ein paar Jahren kaum vorstellen können. Avi schaffte es tatsächlich im Meer etwas aufzuspüren, ein langer Schatten war kurz unter der Meeresoberfläche zu sehen. Durch eine Verwirbelung am Heck des Untersee-bootes entstand die unnatürliche Welle, diese aber im Meer zu finden, ist fast unmöglich.

Die Bilder waren etwa zwei Stunden alt, Avi forderte amerikanische Drohnen an und übergab die Koordinatenpunkte an die Zentrale in den USA. Diese Drohnen werden wirklich von Amerika aus gesteuert, über diese Entfernung. Wahnsinn, was die Technik so alles kann.

Der vermeintliche Weg des Untersee-bootes führte in den Golf von Boughrara hinter der Ferieninsel Djerba.

Es gibt dort nur zwei Möglichkeiten, um in dieses Gebiet zu gelangen. Entweder man umfährt die gesamte Insel Djerba, was viel Zeit kostet, oder man unter-quert den Römerdamm, der das tunesische Festland mit der Insel Djerba verbindet, unter einer Brücke durch. Dort beträgt die Wassertiefe maximal drei Meter. Also von der Brücke aus könnte man so ein Boot unter Wasser kurz sehen.

Dahinter beginnt ein sehr tiefer Teil im Golf von Boughrara. Dort befindet sich eine tiefe Abbruchkante des afrikanischen Kontinents.
Schwammtaucher haben dort schon viel antike Säulen und Mauerreste gefunden. Die Vermutung, es könnte sich um das sagenumwobene Atlantis handeln, wird schon heftig unter Archäologen diskutiert.

Also ging es weiter. Unsere Fahrzeuge steuerten den etwa dreißig Kilometer entfernten Römerdamm an. Michael war mit dem Audi etwas schneller und fuhr uns davon. Vor dem Römerdamm war, wie hier überall üblich, eine Militärkontrolle. Ein Soldat berichtete uns auf Englisch, ein Fischer hätte etwas gesehen. Wir sollten uns an der Brücke an einen Mann namens Hakim wenden.

Michael stand schon mit Avi auf der Brücke. Wir stellten unser Fahrzeug ab und gingen zu ein paar Fischern, die ihre Netze an der Straße flickten.
Ein Hakim war schnell gefunden, mangels Kenntnissen der arabischen Sprache

schien die Aktion aber zum Scheitern verurteilt zu sein.

Michael kam dazu, schaute uns nur kurz an und sprach mit dem Fischer auf Arabisch. Der alte Hakim hatte vor einiger Zeit einen großen Schatten unter der Brücke gesehen, zuerst dachte er an einen großen Fisch, doch ein Geräusch aus dem Wasser schien das nicht zu bestätigen.

Klar, im flachen Wasser ist das Schraubengeräusch des Unterseebootes deutlich zu hören.

Somit ist das Boot in das tiefe Wasser vorgedrungen, viele Möglichkeiten zum Anlanden gibt es hier trotzdem nicht.

Avi nahm die Karte und schaute sie sich an. Zeitgleich mit Michael tippten sie auf einen Punkt an der Küste. An einer alten römischen Stadt Namens Gightis befindet sich bis heute ein natürlicher Hafen, der zwar an der einen Seite versandet war, auf der anderen Seite aber einen großen Anleger hatte, der fast einhundert Meter ins Meer reicht.

Nur dort kann das Unterseeboot an-legen. Viel weiter wird der Treibstoff nicht mehr reichen.

Für uns also hieß es, wieder in die Fahrzeuge steigen und los. Avi leitete noch die amerikanischen Drohnen Richtung Gightis um, nur zehn Minuten später meldete sich Hannah.

Auf einem Bild, welches von einem israelischen Spionagesatelliten aufgenommen wurde, ist das Unterseeboot erkennbar, wie es kurz vor dem Anleger in Gightis auftaucht. Dort sind mehrere Menschen aus dem Boot herausgekommen, sind dann in Fahrzeuge umgestiegen.

Momentan versuchen sie, mit Drohnen an ihnen dran zu bleiben.

Auf unserer Fahrt vom Römerdamm nach Gightis wurde mir mal wieder bewusst, was für ein Beruf ich doch da hatte. Durch die halbe Welt wurde man von A noch B geschickt. Meistens ging es noch weiter bis C oder D.

Aber selten habe ich mich so wohl gefühlt wie heute, neben mir auf dem Beifahrersitz hatte ich einen Menschen, in den ich mich verliebt hatte und eigentlich war doch alles gut. Nur wenn ich an Hannah dachte, bekam ich ein schlechtes Gewissen.

Meine Gefühle Sonja gegenüber trübte es zwar nicht, kam mir aber trotzdem nicht so rein und sauber als Gefühl vor, wie es eigentlich sein sollte.

Sonja wollte scheinbar auch nicht über ihre Gefühle groß reden, auch sehr merkwürdig bei einer Frau, aber ich werde sie nicht mehr dazu drängen.

Eine unterschwellige Angst blieb die ganze Zeit tief in mir drin stecken, ich hatte solche Befürchtungen, Sonja zu verlieren, genauso wie Hannah.

Sonja bemerkte meine Grübelei und schaute mit diesem leichten Grinsen zu mir herüber, dieses Grinsen, was mich schon seitdem ich sie zum ersten Mal gesehen hatte, nicht mehr loslässt.

„Du machst dir zu viele Sorgen Ion, ich sehe es dir an."

Ja, eine gute Beobachterin war sie wohl, aber ich fand keine Lösung für meine Misere.

Dafür kam Giktis in Sicht, eine alte Ausgrabungsstelle an einer weit ge-öffneten Sandbucht. Überreste der einstigen Stadt und des Hafens waren noch sichtbar. Touristen verirrten sich schon lange nicht mehr hierher, das Eingangshäuschen war verwaist und leer. Schade, so wird auch diese antike Stadt bald den Plünderern zum Opfer fallen. Die antiken Fundstücke kann man dann sicher bald in Europa kaufen.

Der Audi von Michael parkte schon in der Nähe des Landungsstegs, wir kamen dazu und hatten sicherheitshalber einen Geigerzähler aus der Ausrüstung mitgenommen. Dieser fing in der Nähe des Steges an auszuschlagen. Keine bedrohlich hohe Strahlung war messbar, aber es war endlich überhaupt eine messbar.
Unser gesuchter Brennstab muss hier gewesen sein.
Ganz am Ende des Landungssteges lag ein Forschungsunterseeboot mit offener oberer Ausstiegsluke. Hier war die radioaktive Strahlung noch stärker messbar. Auf dem Boot war nur der Namenszug „Sozopol II" zu lesen.
Über unsere Köpfe hinweg donnerte eine amerikanische Aufklärungsdrohne Richtung Süden.

Avi hatte indes Hannah über unseren Fund informiert, von dort gab es auch keine guten Neuigkeiten.

Die gesuchten Fahrzeuge konnten in einer nahegelegenen Stadt nicht verfolgt werden, der Kontakt zu ihnen riss dort ab.

Michael wollte sich mit seinen arabischen Kontakten ein wenig in der Gegend umsehen. Wir sollten Avi auf die Insel Djerba mitnehmen. Dort werden wir auf den Rest unserer Gruppe warten.

Mir reichte der Fahrweg für heute auch. Bis zur Autofähre im kleinen Ort Jorf, die uns zur Insel Djerba bringt, waren es nur noch zwanzig Kilometer. Die Fähre war alt, aber zuverlässig und brachte uns mit vielen Einheimischen in kurzer Zeit über das Wasser.

Die Ferieninsel Djerba erwartete uns mit buntem Treiben und üppig grünen Palmenhainen.

Hannah hatte uns im Hotel Radisson Blu Djerba Zimmer reserviert. Dort wollten wir uns am frühen Abend treffen.

Der Weg über die Insel war fast wie ein kleiner Urlaub. Viele Palmen und schöne kleine malerische Orte lagen auf dem Weg Richtung Hotel. Als ich den Toyota endlich auf dem Parkplatz abstellte, freute ich mich auf eine Dusche und ein kühles Bier an der Bar.

Der Mann an der Rezeption hatte uns schon erwartet. Die Zimmer waren reserviert, aber nicht so, wie ich mir es vorgestellt hatte.

Hannah hatte für Sonja und mich ein Doppelzimmer bestellt. Für sich ein Einzelzimmer, aber so kann es unmöglich stimmen.

Ich rief Hannah an, sie waren gerade am Römerdamm angekommen und fuhren soeben auf die Insel Djerba.

„Hannah, du hast ein Doppelzimmer für Sonja und mich gebucht? Du willst also nicht mehr mit mir in einem Zimmer schlafen?"

Kurz war Stille am Telefon. „Genau, macht mal euer Ding, ich komm ganz gut allein zurecht." Dann legte sie auf. Sonja schnappte sich die Codekarte für die Zimmertür und zog mich am Ärmel zum Fahrstuhl.

„Sonja, ich versteh Hannah nicht ganz, du etwa?"

Sie nickte nur, steckte die Codekarte in eine Tür in der zweiten Etage des Hotels und ließ sich mit einem lauten „Jippie" auf das große Doppelbett fallen.

„Komm ins Bett, du Grübler!"

Mir war nicht danach, aber sie verstand es, mich auch gegen meinen Willen um den Finger zu wickeln.

Nach unserer gemeinsamen Dusche klingelte das Telefon, Avi teilte uns den Treffpunkt mit. Beim Abendessen werden wir besprechen, wie es weiter geht.

Das ist gut so, also blieb noch etwas Zeit für uns.

Ein Klopfen an der Tür brachte mich wieder auf den Boden der Tatsachen.

Hannah stand vor der Tür. Ohne, dass ich etwas sagen konnte, schlüpfte sie an mir vorbei.

Sonja stand noch im Bad wie Gott sie schuf und Hannah sah sie lange von oben bis unten an. „Du bist wirklich hübsch Sonja!"

Hannah lächelte sie an. Was jetzt, meine Ehefrau macht meiner Freundin ein Kompliment? Was stimmt bloß mit euch

nicht? Oder mit mir? Ich habe keine Ahnung mehr und fragte nur:
„Soll ich euch alleine lassen, damit ihr miteinander reden könnt?"
Hannah schaute mich etwas verwirrt an. „Worüber sollen wir denn reden? Ich weiß es doch schon, ihr treibt es miteinander. Was soll es bringen? Du hast dich verliebt und ich akzeptiere es, fertig! Glaube mir Ion, ich liebe dich noch immer. Du wirst schon verstehen, irgendwann wirst auch du es verstehen."

Damit ging sie zu Sonja ins Bad und sah ihr in die Augen, sie nahmen sich kurz in die Arme und Sonja streichelte ihr über die linke Wange. Dann drehte sich Hannah um, kam zu mir und gab mir einen Kuss auf den Mund.
„Ich wollte eigentlich nur etwas aus deinem Koffer haben. Ein Paar Schuhe von mir hatte ich in deinen Koffer gelegt."
Damit ging sie hinaus. „Bis zum Abendessen."
Völlig verwirrt schaute ich zu Sonja hinüber. „Ich bin vielleicht ein wenig blöd, keine Ahnung was hier abläuft.

Wenn ich dich jetzt frage, sagst du dann auch wieder, sprich mit Hannah!"

Sie machte vor dem Spiegel ein lustiges Gesicht, schaute mich dann an und meinte. „Na du weißt es ja doch. Sehr gut, du bist ja lernfähig!"

Gut, darüber werde ich nicht mehr nachdenken. Wenn Zeit ist, schnappe ich mir Hannah und werde sehen, was hier abläuft.

Das Abendessen im Hotel war richtig gut. Wir hatten Zeit, uns mit neuen Informationen zu versorgen und unser Team war wieder etwas größer geworden. Ein Mitarbeiter des tunesischen Geheimdienstes sollte unser Team verstärken.

Avi sah sich nach dem Essen noch einmal die Bilder der Luftüberwachung an, vielleicht wurde etwas von uns übersehen. Eine Sache fiel ihm auf. Es wurden wahrscheinlich Fahrzeuge verfolgt, die gar nicht den radioaktiven Brennstab an Bord hatten.

An einer Straße sah man auf Bildern, wie zwischen zwei Fahrzeugen etwas ausgetauscht wurde, es könnte eine Art Behälter oder eine Kiste gewesen sein.

Das Fahrzeug mit der an Bord genommenen Fracht war Richtung Dahar Gebirge in Zentraltunesien unterwegs. Avi versuchte, deutlichere Fotos zu bekommen und zeigte, was technisch möglich war.

Ein weißer Geländewagen war deutlich zu sehen, auf der Tür leuchtete ein großer roter Aufkleber. Hannah hatte sofort erkannt, wofür er stand. >Medicins Sans Frontieres<

Sagte mir erstmal nichts, aber unter deutschem Namen schon: >Ärzte ohne Grenzen<

Was hatten die mit dem Schmuggel von radioaktivem Material zu tun?

So ein Fahrzeug wird natürlich kaum kontrolliert und hat fast freie Fahrt durch die Länder der Dritten Welt.

Unser neuer tunesischer Mitarbeiter meldete sich, sein Name war Ali, hatte wohl lange für das Militär gearbeitet und kannte sich gut aus im Land.

Laut Ali waren „Ärzte ohne Grenzen" in Tunesien nur an der Mittelmeerküste tätig, um Flüchtlingen medizinische Versorgung zukommen zu lassen. Er kümmerte sich um die Fahrzeuge, die in

Tunesien für „Ärzte ohne Grenzen"
gemeldet waren.

Nach zehn Minuten hatte er eine Ant-
wort. Es gab acht Geländewagen der
Marke Toyota, sieben von ihnen stehen
nachweisbar in der Nähe der Insel
Djerba im Camp der Organisation. Ein
Fahrzeug sei unterwegs, um Medi-
kamente abzuholen. Gefahren wird der
Toyota Geländewagen von einem
Deutschen mit dem Namen Marko Renz.
Er ist seit drei Monaten in Tunesien für
„Ärzte ohne Grenzen" im Einsatz.
Ich machte mich daran, heute Abend
noch die Berliner BKA-Zentrale tele-
fonisch zu erreichen. Der Name war mir
schon einmal in einem anderen Zu-
sammenhang untergekommen.
Eine Notfalltelefonnummer meiner alten
Arbeitsstätte habe ich immer dabei. Ein
ehemaliger Kollege meldete sich und ich
erklärte ihm mein Anliegen. Im Telefon
hörte ich die Tastatur seines Computers,
meine Information bestätigte sich.

Der Name Marko Renz war vor drei
Jahren in einem Fall unserer Abteilung
aufgetaucht. Ein Zeuge hatte ihn

belastet, bei einem Einbruch im Jahr 2013 in eine Berliner Volksbank Filiale im Stadtteil Zehlendorf dabei gewesen zu sein. Damals wurde ein langer Tunnel gegraben und Bankschließfächer ausgeraubt. Die Besitzer der Schließfächer haben teilweise bis heute keine Anzeigen erstattet, wer weiß was dort alles gelegen hatte.

Da schoss mir ein Gedanke durch den Kopf und ich bat meinen ehemaligen Kollegen noch einmal um einen Gefallen. Die Liste mit den Eigentümern der leer geräumten Bankschließfächer möchte ich gerne haben. Er versprach, sie mir am nächsten Tag zu schicken.
Ich hatte da so einen Verdacht.

Für den Tag reichte es, ein wenig Schlaf tut gut. Schon ein merkwürdiges Gefühl, wenn deine Ehefrau einige Zimmer weiter wohnt und man es sich hier mit seiner Freundin bequem macht. Da war mein Kopf noch nicht so weit zu sagen, es wäre alles in Ordnung. Es war auch nicht ansatzweise klar, wie die Sache ausgeht.

Der neue Morgen war wie so viele in Nordafrika sonnig und warm mit einem stahlblauen Himmel. Ein üppiges Frühstück war dringend notwendig.

Hannah brachte ein Stück Papier mit zum Tisch und wünschte uns einen guten Morgen. Meine angeforderte Liste der Eigentümer der Schließfächer war angekommen. Einige Namen waren aus Funk und Fernsehen bekannt, die geplünderte Bank lag schließlich in einem Nobelviertel von Berlin.

Zwei Namen allerdings erweckten meine Neugier. Ich bat Hannah doch mal um Überprüfung dieser Namen, diesmal aber über Interpol.

Bei einem Namen wurde eine Frau über siebzig Jahre ermittelt, bei dem anderen Namen ein junger Mann Mitte dreißig. Nur von dem Mann gab es ein Foto, von der älteren Frau leider nicht. Hannah wollte meine Beweggründe wissen, ich behielt aber meine Vorahnung noch für mich.

Als ich in Berlin bei meinem ehemaligen Kollegen anrief und die Namen auch ihm zur Überprüfung überließ, kamen andere Daten heraus als bei Interpol.

Die ältere Frau war schon vor zwei Jahren verstorben und der junge Mann vor acht Monaten nach Kanada umgesiedelt. Also wer von den Dienststellen hat nun die Wahrheit rausgefunden? Oder wer macht mir hier etwas vor?

Laut Aufklärungsdrohnen der Amerikaner war der weiße Toyota Geländewagen in Richtung Süden unterwegs gewesen. Hinter einem riesigen Salzsee kurz vor der Sahara dem Chott el Djerid war der Toyota im Nichts verschwunden. Die buchstäbliche Nadel im Heuhaufen war ab jetzt zu suchen. Wenn er weiter fährt, kann er entweder in der Wüste den Weg Richtung Algerien und dann nach Mali nehmen oder über Libyen, Niger und den Tschad in Gegenden kommen, wo man auf radioaktives Material nur so abfährt.
Jeder sogenannte Schurkenstaat würde sich freuen, etwas davon für eine leichte Militärübung im anderen Land in die Finger zu bekommen.

Avi hatte schon mit Langley, dem Sitz der CIA in den USA, telefoniert und denen klar gemacht, falls wir keinen

Kontakt zu dem Toyota von „Ärzte ohne Grenzen" wieder bekommen, kann es passieren, dass sich leicht gestörte Terroristen auch zu ihnen auf den Weg machen können und mit dem radioaktiven Material in Ballungszentren einen immensen Schaden anrichten würden.

Die Unterstützung ihrerseits war damit gesichert und sämtliche Augen aus dem Weltraum wurden wahrscheinlich in Richtung Sahara gedreht.

Mir ging es nicht aus dem Sinn mit welchen falschen Angaben das Bundeskriminalamt oder Interpol arbeitet und uns angeblich unterstützt. Wer von den Behörden etwas verschweigt oder in den Fall involviert ist, werde ich herausfinden müssen.

An einem Tisch nahm ich mir meinen Computer und versuchte, etwas herauszufinden, Meldeadressen und persönliche Daten von Bankschließfachbesitzern in der ausgeraubten Bank von Berlin.

Immer wieder stieß ich auf die ältere Dame, immer mit abgeänderten

Geburtsnamen oder Wohnort. Die Linienführung der Unterschrift hatte ich schon einmal gesehen.

Hannah kam an meinen Tisch. „Was suchst du denn?" Sie schaute auf meinen Monitor und sah mich verwundert an.

Ich versuchte es ihr schonend beizubringen. „Glaubst du an Zeichen aus dem Reich der Toten? Ich habe da einige Ungereimtheiten gefunden. Scheinbar lag in dem aufgebrochenen Safe der Bank in Berlin eine Information über den Standort des Stollensystems in Arkutino und dessen Inhalt."

Die Frage war bestimmt nicht einfach zu beantworten, hatten wir doch in dem Fall im rumänischen Siebenbürgen Dinge erlebt, die weit über die Grenzen unserer Vorstellungskraft gingen.

Hannah setzte sich neben mich. „Ion, ich vertraue deinem Instinkt, wirklich glaub es mir, aber wir suchen in Nordafrika nach radioaktivem Material. Da ist mir dein Hirngespinst nicht ganz so wichtig. Wenn du meinst es ist wichtig, dann flieg nach Berlin. Aber ich brauche dich eigentlich hier! Ach ja, nimm doch Sonja mit, falls du fliegst, dann habe ich sie hier nicht am Hals, wenn du weg bist."

Ich nickte nur kurz und ließ mir von der Zentrale von Interpol schnelle Flugverbindungen nach Berlin buchen. Über den Flughafen von Djerba-Zarzis ging es leider nur über Tunis und Düsseldorf, dann nach Berlin.

In Berlin müssten wir uns dann beeilen, nach nur zwölf Stunden geht ein Flieger wieder zurück von Berlin direkt nach Djerba.

Hannah und Sonja sah ich aus dem Augenwinkel noch miteinander reden, vermied es aber, so zu tun, als hätte ich es bemerkt. Mir war die Situation immer noch unangenehm und es belastete jetzt sogar meine Arbeit, aber den Mut zu haben, mich vom Fall abziehen zu lassen und Sonja dann nicht mehr zu sehen, hatte ich nicht.

Handgepäck sollte für den kurzen Trip nach Deutschland reichen, also packten wir nur das Nötigste und machten uns per Taxi auf den Weg zum Flughafen. Vorher wollte ich mit Hannah noch einmal sprechen, wenigstens mich kurz verabschieden, aber sie winkte nur von Ferne und rief mir nur laut zu. „Gute Reise, beeil dich!"

Das war natürlich nicht die Verabschiedung, die ich mir gewünscht hätte, aber irgendwie war es mir schon klar geworden. Hannah fühlte sich hintergangen und ließ es mich jetzt spüren.

Die Flugverbindungen nach Berlin von der Ferieninsel Djerba aus sind eine Zumutung. Aus der eigentlichen Flugzeit von drei Stunden wurden so ganze acht Stunden mit Wartezeiten auf den Transitflughäfen. Etwas müde und genervt erreichten wir so den überfüllten Flughafen Berlin-Tegel.

Sonja war schon öfter in Deutschland, hatte aber noch nie Berlin gesehen und war neugierig auf das Nachtleben, die Clubs und die City.

Da merkt man den Altersunterschied. Ich bin froh, wenn die Stadt hinter mir liegt und nicht mit ihrem Trubel nervt.

Ein Taxi brachte uns an eine Adresse in Berlin-Zehlendorf, hier sollte die alte Frau bis zu ihrem Tod gewohnt haben, der man auch das Bankschließfach auf-

gebrochen und den Inhalt darin ent-
wendet hatte. Auch Sonja war nicht klar,
was wir hier noch finden sollten.

Die Wohngegend galt schon seit den
dreißiger Jahren des vergangenen Jahr-
hunderts als elitär und wohlhabend. So
standen auch in dieser Straße unweit
des Berliner Wannsees große Villen in
abgeschirmten Grundstücken. Die hohen
Zäune davor machten deutlich klar, bis
hier und nicht weiter.
Viele ehemalige Politiker und Prominente
wohnen noch heute dort, eine Wohngegend für den dicken bis sehr dicken
Geldbeutel.
Als das Taxi uns absetzte, standen wir
vor einem hohen schmiedeeisernen
Zaun. Kameras an der Einfahrt zeigten,
wie misstrauisch der Bewohner des
Anwesens wohl war. In meinen
Recherchen über den Besitzer des
Grundstücks und die gemeldeten
Bewohner war nicht viel herausge-
kommen. Eigentümer war das Land
Berlin, gemeldet war niemand unter
dieser Adresse.
Dafür schien mir aber der Garten und
das Haus zu gut gepflegt zu sein.

Blumen standen an einigen Fenstern und es machte den Eindruck, als kümmerte sich jemand mit viel Gefühl um das alte Haus.

Am gemauerten Torpfeiler drückte ich auf die Klingel und eine männliche Stimme erklang aus der Gegensprechanlage. „Ja bitte."

Neben der Klingel befand sich eine Kamera und ich war mir sicher, wir wurden schon beobachtet.

„Interpol, schönen guten Tag, wir haben da mal ein paar Fragen."

Es war kurz Stille, als die Stimme wieder im Lautsprecher erklang. „Können Sie sich ausweisen? Falls ja, dann halten Sie bitte Ihre Ausweise in die Kamera neben der Klingel."

Ich zückte meinen Ausweis und hielt ihn in die Kamera. „Was ist mit ihrer Kollegin? Hat die keinen Ausweis?"

Sonja verdrehte die Augen und klappte ihren Ausweis auf, der war natürlich in kyrillischer Schrift der Bulgaren gehalten. Das Ausweisbild von Sonja schien schon ein paar Jahre alt zu sein. Sie sah süß aus auf dem Foto, damals noch mit kürzeren Haaren und rotem Lippenstift.

Aus dem Lautsprecher erklang die Stimme wieder, diesmal verstand ich ihn nicht. Er sprach auf Bulgarisch zu Sonja und sie erwiderte dem Sprecher in einer etwas gereizten Stimmlage.

„Bitte kommen Sie herein", klang es aus dem Lautsprecher nicht eben einladend. Ein Summton und ein Knacken vom Eingangstor waren zu hören.

„Was hat der denn mit dir besprochen?" Wollte ich von Sonja wissen.

Angeblich sollte sie vor der Tür warten, aber sie hatte es kategorisch abgelehnt und ihm gesagt, notfalls steige sie auch über den Zaun. Der Mann schien Bulgare zu sein und verstand sie sehr gut.

Am Hauseingang stand auf einer breiten Freitreppe ein Mann Mitte vierzig mit Vollbart, er war teuer im Anzug gekleidet und schaute etwas missmutig zu uns herüber.

„Wie kann ich Ihnen helfen?"

In der Stimme fehlte ihm die Freund-lichkeit einer netten Begrüßung, die Augen waren schwarz, tief und zeigten Ablehnung den Besuchern gegenüber!

„Dürfen wir eintreten?", war meine Frage und ich stellte mich ihm vor.

„Nein! Das, was Sie von mir wollen, können Sie auch hier preisgeben. Ich bin nicht verpflichtet, Sie in mein Haus zu lassen. Außerdem möchte ich keine Mitarbeiter des bulgarischen Geheimdienstes willkommen heißen."

Ich hatte nie wirklich richtig nachgehakt, für welche Behörde Sonja eigentlich arbeitete. Nun war die Katze aus dem Sack, ich schaute kurz zu Sonja und sie zuckte bloß mit den Schultern.
„Na gut, dann eben hier auf der Treppe. Wohnen Sie alleine in Ihrem Haus, in dem Haus das eigentlich dem Land Berlin gehört? Ich hatte auch noch nicht Ihren Namen verstanden?"
Er schaute mich verächtlich an. „Ja, ich wohne hier alleine."
Diese Antwort war mir schon vorher klar, aber neben dem Haus hingen auf einer Wäscheleine ein Rock und eine Strickjacke einer alten Dame. Also passte die Antwort nicht ins Bild.
Ich wurde etwas wütend über diesen eingebildeten Schnösel, der uns abblitzen lassen wollte.
„Hören Sie zu, da das Haus Landeseigentum ist, haben Sie hier wohl kaum

etwas zu sagen. Ich werde einige Kollegen von Interpol anfordern und wir werden mit einem richterlichen Durchsuchungsbefehl in fünfzehn Minuten wieder da sein. Dann sehen wir weiter und glauben sie mir, die Befugnis habe ich."

Er zog sein Handy aus der Tasche und wählte eine Nummer, dann sprach er auf Bulgarisch und gab das Telefon an Sonja. Sie schaute auf die Telefonnummer und sprach etwa zwanzig Sekunden mit dem Gegenüber auf Bulgarisch, legte aber nicht auf, sondern ließ das Handy mitten im Gespräch auf die Treppe fallen.

„Och schade, Entschuldigung, jetzt ist es mir aus der Hand gefallen. Ich hoffe es war kein wichtiger Mensch am anderen Ende."

Damit hatte ich nicht gerechnet, der Mann wurde etwas bleich.

„Ich rufe jetzt die Polizei", und bewegte sich rückwärts ins Haus. Sonja war schneller und drückte ihn gekonnt rückwärts in die Eingangshalle.

Dieser Raum war erdrückend dunkel, groß und mit erlesenen Antiquitäten ausgestattet, ein Raum, wie aus einer anderen Zeit gefallen.

Der Mann wurde laut und schien uns auf Bulgarisch zu verfluchen, als von der Holztreppe, die in die oberen Etagen des Hauses führte, Schritte zu hören waren. Sie klangen langsam und bedächtig auf alten Dielenboden, mit einem Geräusch, was auf ein Klopfen deutete. Am Geländer wurde ein Schatten sichtbar und eine kleine dünne, alte Frau auf einen Holzkrückstock gestützt, kam langsam die Treppe herunter. Sie umgab schon beim ersten Ansehen eine Aura einer eleganten alten Dame.

„Was ist hier los Vladimir? Was soll der Krach?"

Ich stellte mich vor und zog meinen Dienstausweis aus der Tasche. „Ich würde mich gerne mit Ihnen unterhalten Frau ...?"

Sie stieg langsam die Treppe herab und reichte mir die Hand. „Guten Tag, mein Name ist Irina Altankova. Was kann ich für Sie tun?"

Sie schaute mich eindringlich an und wandte sich dann an den unfreundlichen Mann. „Danke Vladimir, ich rufe, wenn ich Sie brauche." Sie drehte sich nach links. „Folgen Sie mir in den Salon, da ist es heller und gemütlicher."

Als wir in den Salon traten, schauten wir aus großen Fenstern, die bis zum Boden reichten, auf ein endlos erscheinendes Grundstück mit altem Baumbestand, tadellos gepflegten Wegen und Blumen-reihen. Brunnen und Wasserspiele zeugten von einem Landschaftsgärtner mit Geschmack und Stil. Der Wannsee schimmerte durch die Pflanzen des Gartens bis zu uns.

„Nehmen Sie doch Platz, dann erzählen Sie mir bitte, was ich für Sie tun kann."

Sonja schaute sich im Salon um und entdeckte ein Ölgemälde über dem Kamin. Die alte Frau bemerkte Sonjas Interesse an dem Bild und sie sprach zu Sonja. „Wissen Sie, wer das ist?"

Sonja nickte. „Baba Wanga, eine be-rühmte Seherin aus Bulgarien, sie ist aber schon vor zwanzig Jahren gestorben. Alles was sie prophezeit hat, ist wohl eingetreten, der zweite Welt-krieg, der vorzeitige Tod des letzten Königs von Bulgarien. Sie konnte auch vermisste Menschen wiederfinden und hatte wohl eine Trefferquote von achtzig Prozent."

Die alte Frau nickte. „Ja stimmt alles, Sie sind ja auch Bulgarin, meine Liebe, woher kommen Sie?"
Sonja erzählte ihr kurz, wo sie geboren wurde und was sie jetzt beruflich tat.

Ich zog derweil ein Stück Papier aus meiner Tasche und legte es auf den Tisch. „Ist das ihre Unterschrift?"
Die alte Frau schaute sich das Stück Papier lange an, nickte dann und sagte, „Ja, aus der Bank stammt es, oder?"
Ich legte ihr ein anderes Stück Papier auf den Tisch. Sonja schaute mich ungläubig an. „Ist das auch ihre Unterschrift?"
Diesmal verfinsterte sich die Mine der alten Frau. „Warum lassen Sie mich nicht in Ruhe, was wollen Sie von mir?"
Ich bohrte noch einmal nach. „Ist das Ihre Unterschrift? Wenn ich keine ausreichende Information von Ihnen hier bekomme, dann muss ich Sie mitnehmen, so leid wie es mir tut!"
Sie schaute traurig zu mir herüber, Sonja saß mit weit aufgerissenen Augen neben mir.
„Ja, auch diese Unterschrift ist von mir."

Mir war schon vorher die Antwort klar, aber die alte Frau hatte ich mit meiner Aktion völlig überrannt.

„Wie darf ich Sie nun nennen, Frau Schiwkowa oder Frau Altankova?"
Sonja sprang auf. „Oh mein Gott, Sie sind Frau…?"
Die alte Frau nickte nur, ich übernahm es, weitere Fragen zu stellen und ihr die Dinge in Arkutino an der bulgarischen Schwarzmeerküste zu erzählen.
Ich musste wissen, ob im Bank-schließfach Informationen zum Standort des unterirdischen Atomkraftwerkes waren. Sonja setzte sich wieder und schaute die alte Frau fasziniert an.

Auf dem Tisch stand eine kleine Klingel aus Messing, die alte Frau nahm sie zur Hand und klingelte einmal, Vladimir erschien im Salon. „Seien Sie so gut Vladimir und bringen Sie uns etwas zu trinken, aber bitte etwas mit Ge-schmack."
Er verschwand und tauchte mit einer Flasche Rotwein wieder auf, öffnete sie gekonnt und goss drei Gläser ein. „Zum Wohl!" Damit zog er sich wieder zurück.

Die alte Frau nahm ein Glas in die Hand und hielt es hoch. „Sie mögen doch sicherlich guten bulgarischen Wein!" Dann nippte sie und fing mit dem Erzählen an.

„Im Januar 1981 traf ich meine damalige Vertraute Baba Wanga in der Nähe von Sofia. Sie war ja damals völlig blind, hatte aber immer wieder Visionen von zukünftigen Ereignissen. An diesem Tag war sie völlig außer sich, sie hatte meinen baldigen Tod gesehen, noch in diesem Jahr sollte es geschehen. Ich bat sie, mit keinem darüber zu sprechen, sie tat es auch nicht. Ich aber wusste, mit welcher hohen Wahrscheinlichkeit diese Szenarien eintrafen, also überlegte ich mir einen etwas teuflischen Plan.

Ich hatte zum Schutz gegen Attentate damals schon eine Doppelgängerin. Sie vertrat mich bei offiziellen Anlässen schon öfters.

Da ich mit meiner Arbeit und dem Aufbau einer Eliteschule in Arkutino so sehr beschäftigt war, musste ich mich entscheiden. Mein Projekt wurde eingestellt und sämtliche Unterlagen darüber vernichtet.

Die Stollenanlage unter der Schule wurde wie das noch nicht fertig gestellte Atomkraftwerk zugeschüttet und die Eingänge versiegelt. Die Brennstäbe sollten angeblich keine Gefahr darstellen, da sie gekühlt im Wasser lagen und keine Energie groß abgaben.

Am 21. Juli des Jahres wurde meine Doppelgängerin in meinem Pool zu Hause tot aufgefunden. Eine Obduktion wurde damals von einigen Familienmitgliedern von mir unterschrieben und die Leiche schnell und ohne Aufsehen beerdigt.

Ich habe zwei Kinder. Die durfte ich in meinem Leben auch nie wieder sehen, es wäre sonst auch für sie zu gefährlich geworden.

So kam ich mit einigen Beziehungen nach West-Berlin, die Regierung der Bundesrepublik Deutschland nahm mich unter absoluter Geheimhaltung auf. Im Gegenzug nannte ich Namen und Geheimdienstaktivitäten der Bulgaren damals.

Erst als in der Volksbank die Schließfächer ausgeräumt wurden, war mir klar, jemand war hinter den alten Informationen her.

Ich hatte dem Verbindungsoffizier des deutschen Geheimdienstes damals schon nicht getraut, meiner Meinung hatte er mit der Sache zu tun. Dem damaligen russischen Geheimdienst KGB war die Sache mit einem eigenen Atomkraftwerk der Bulgaren in den tiefen Stollen von Arkutino ein Dorn im Auge. Die Warnungen der Russen hatte ich nicht ernst genug genommen und wollte Bulgarien als Vorzeigeland im Sozialismus etablieren.

Da mussten sie Handeln und mich aus dem Weg schaffen, aber bis jetzt konnte ich sie überlisten."

Die Frau schien erleichtert zu sein, über das Geschehene geredet zu haben. Ich wollte wissen, wie der Verbindungsoffizier damals hieß.

Sie überlegte kurz. „Mario oder Marko Renz, glaube ich."

Damit war klar, wer die falsche Information für uns herausgegeben hatte. Der Herr Renz war also Verbindungsoffizier, damit dem Bundeskriminalamt bekannt und die wollten sich nicht eingestehen, dass ihr ehemaliger Mitarbeiter die Seiten gewechselt hatte und ab jetzt auf eigene Rechnung arbeitete.

Sonja sprach die alte Frau auf Bulgarisch an, dann nahm sie ihre Hand und drückte sie leicht.
Wir sind hier eigentlich fertig, die Informationen, die mir fehlten, hatte ich, doch Sonja schien noch nicht gehen zu wollen.
Sie sprach noch eine Weile mit der alten Dame, diese stand auf und ging auf den Kamin zu, nahm eine kleine Schatulle vom Sims und kam langsam zurück zum Tisch. Sonja stand auf, aus der Schatulle nahm die alte Dame eine Art Medaille und gab sie Sonja in die Hand, drückte sie und küsste sie auf beide Wangen.
Sie wand sich an mich. „Ihre Kollegin erinnert mich an vergangene Zeiten. So war ich auch einmal, wollte die Welt verbessern und hatte gar nicht die Kraft dazu. Ich wünsche Ihnen alles Gute, möge Ihre Mission von Erfolg gekrönt sein."
Sonja sah zu mir herüber. „Ich habe ihr versprochen, ihre Identität geheim zu halten. Gibt es da ein Problem?"

Ich lächelte. „Nein, kein Problem. Ich wünsche Ihnen alles Gute Frau…. !"

So verließen wir den Salon, eine einsame, alte Dame ließen wir zurück. Vladimir brachte uns bis zur Straße, um sicher zu gehen, dass wir wirklich nicht zurück kommen.

„Was hat sie dir denn in die Hand gedrückt?", wollte ich von Sonja wissen. Sie öffnete ihre Hand und ein goldig schimmernder Stern an einer kleinen roten Spange kam zum Vorschein.
Sonja schluckte etwas. „Das war die höchste bulgarische Auszeichnung damals. Sie nannte man >Held der Volksrepublik<. Nur 58 Stück davon sind damals verliehen worden. Schau mal, hier ist die Nummer 59 eingraviert."
Das schien Sonja ziemlich zu berühren, ich war da abgeklärter.
Vor der Wende wurde bei uns im Osten ja nur so herumgeworfen mit Auszeichnungen und Orden aller Art.
Doch bei Sonja glitzerten die Augen und sie hielt die Medaille fest umklammert.

Unsere Aufgabe in Berlin war erledigt, für den Flughafen war es aber noch zu früh, also sollte uns das Taxi durch die City zu mir nach Hause fahren. So konnte ich wenigstens ein paar neue Sachen mitnehmen.

Sonja genoss die Fahrt durch Berlin und eine Stunde später standen wir vor meiner Wohnung am Müggelsee in Berlin Köpenick. Drinnen roch es unbewohnt, kalt und fremd. Mir war dabei nicht ganz wohl, Sonja einfach in die gemeinsame Wohnung von Hannah und mir mitzunehmen.

Ich zeigte ihr die Wohnung und sie schaute sich alles in Ruhe an. Am Schlafzimmer angekommen meinte sie nur: „Ah, hier treibt ihr es immer, oder?!"

Da war das süße Grinsen wieder und sie zog mich auf die Wohnzimmercouch. Ich ertappte mich dabei, wie ich sie langsam entkleidete, ein leises Stöhnen war von ihr zu hören, als es an der Wohnungstür klingelte.

Keiner wusste über mein Kommen Bescheid, also zog ich sicherheitshalber meine Dienstwaffe und ging zur Tür.

Beim Öffnen stellte ich fest, wie neugierig doch meine Nachbarin war. Sie wollte die Post bringen, die sie immer während unserer Abwesenheit sammelte.

„Na Ion, schon zurück, hab euch ja kaum kommen gehört. Ich wollte Hannah ja noch etwas erzählen."

Da trat sie schon in den Flur, als Sonja ganz ohne ein Stück Stoff am Leib zu haben, in ihre Richtung kam.

„Guten Tag! Nein, Hannah ist nicht hier, kann ich helfen?"

Der Blick meiner Nachbarin war eine Mischung aus Froschglubschaugen und Kopfschütteln. Sie drehte sich um und verschwand im Hausflur.

„Danke für die Post!", brüllte Sonja ihr noch hinterher.

Das war nicht unbedingt, was ich erreichen wollte. Vielleicht sollte ich den Nachbarn später vom Besuch meiner jüngeren Schwester erzählen?!

Die Geschichte war auf jeden Fall in kurzer Zeit im Haus herumerzählt, da bin ich mir sicher, und Hannah erfährt es bestimmt gleich per WhatsApp.

Sonja lachte und zog mich auf die Ledercouch, zwei Stunden blieben uns noch, bis das Taxi uns zum Flughafen abholt.

Also genug Zeit, um etwas zu spielen, zu duschen und die Ledercouch zu pflegen.

Das Taxi stand pünktlich vor der Tür.

Als wir unsere Sachen nahmen und den Hausflur nach unten gingen, waren manche Mieter mit eigenartigen Arbeiten im Hausflur beschäftigt. Man sollte halt öfter mal die Klingel von außen abwischen oder die Schuhe im Flur putzen. Ich grüßte höflich und zog Sonja schnell nach unten zur Tür.

Doch das Luder konnte wahrscheinlich nicht anders. „Ion, du geben mir Geld für Sex machen ja, du haben gesagt, ich armes Mädchen aus Moskau, bitte Geld geben. Was ich sonst machen soll?"

Mit der flachen Hand schlug ich mir gegen die Stirn, jetzt war mein Ruf im Haus völlig versaut. Sonja lachte mich aus und küsste mich auf den Mund, dann tanzte sie quietschvergnügt zum Taxi.

An den Fenstern unseres Hauses konnte ich die Bewegung hinter den Gardinen schon sehen. Die denken doch jetzt was weiß ich über mich.

Im Taxi sah ich auf meinem Handy nach, Hannah war vor zwei Minuten zum letzten Mal online auf WhatsApp. Sie wusste bestimmt schon jede Kleinigkeit.

Am Flughafen Berlin-Schönefeld ange-kommen dachte ich darüber nach, wie ich Hannah hier kennenlernte, als sie mir von der Staatskanzlei zugeteilt wurde und das Kommando übernahm.
Es kam mir schon so lange vor und jetzt stand ich wieder mit einer hübschen Frau hier und wartete auf den Flieger.

Die Tunis Air brachte uns auf direkten Weg nach Djerba, ein netter Steward Namens Dennis verwöhnte uns mit warmen Essen und gutem Wein. So ein Service war man von anderen Fluglinien gar nicht mehr gewohnt.

Pünktlich setzte die Maschine auf dem Flughafen Djerba-Zarzis auf. Da wir nur Handgepäck hatten gab es keine Wartezeit und ein Taxi brachte uns zum Hotel.
Unsere Truppe war schon beim Essen als wir eintrafen. Ich ging zu Hannah, um sie zu begrüßen und küsste sie auf die

Wange. Sie zog mich näher an sich heran und flüsterte mir ins Ohr.

„Ich hoffe, ihr habt es nicht in unserem Bett getrieben, oder?"

Meine Gesichtsfarbe muss sich wohl schlagartig geändert haben, ich stammelte nur: „Natürlich nicht!"

„Na will ich es mal glauben. Unsere Nachbarin Andrea habt ihr ja schön verschreckt, danach hat mir noch Brigitte aus der dritten Etage und Herr Schröder von unten geschrieben. Etwas mehr Diskretion wäre mir schon lieber gewesen."

Voll erwischt, na super und jetzt setzt sich Sonja auch noch neben Hannah.

Ich war schnell am Buffet und warf mir nur etwas Essbares auf den Teller, um schnell wieder am Tisch zu sein, um gar nichts zu verpassen, was die Mädels miteinander sprachen. Sie sprachen sogar wieder ganz freundschaftlich. Wieso bleibt Hannah so ruhig, obwohl sie weiß, was vorgefallen ist?

„Ich habe Hannah gesagt, dass wir nicht im Schlafzimmer waren, mir hat sie geglaubt!"

Und Sonja grinste wieder über ihr komplettes hübsches Gesicht.

Was hatte sie Hannah denn gesagt? Wir haben unsere Fernsehcouch entweiht? Hannah wird das Ding aus dem Fenster werfen und mich gleich hinterher unter Jubelrufen der Nachbarn. Bilder stiegen in mir auf, die Wohnung sollte ich kündigen. Dresden war auch schön und weit genug weg, da kennt mich keiner.

Avi schaute zu uns herüber. „Na die Hormone wieder im Griff?"
Ich muss einfach ruhig bleiben, sonst springe ich dem Typen noch an den Hals.
Meine Aufgeregtheit fiel wohl schon auf, ich zwang mich zur Ruhe und versuchte, mein Essen ohne eine Beschleunigung des Heranwachsens von Magengeschwüren herunter zu bekommen.

Der Abend sollte eigentlich nach dem Essen erledigt sein. Kurz wurden wir noch auf den neusten Stand der Dinge gebracht.
Der Geländewagen von „Ärzte ohne Grenzen" war nach wie vor nicht auffindbar, kein Marko Renz wurde gesehen und ein atomarer Brennstab lag auch nirgends herum.

Da waren wir mit unseren Informationen schon weiter. Nur über die Identität der alten Dame schwiegen wir.

Marko Renz, der ehemalige Beamte des Bundeskriminalamtes, hatte die Seiten gewechselt, die deutschen Behörden müssen davon gewusst haben und hatten uns gegenüber geschwiegen. Keine gute Voraussetzung, um den Fall weiter zu verfolgen. So bestand die Möglichkeit, dass er immer noch mit Informationen von deutscher Seite versorgt wurde. Darüber werde ich mir morgen Gedanken machen, für heute reicht es mir.

Als ich schon den Vorschlag machen wollte, früh zu Bett zu gehen, meinte Avi, es gäbe heute Abend hier Live Musik im Hotel. Die Frauen waren natürlich begeistert und mich rief eigentlich mein Bett. Doch da sollte ich in naher Zukunft noch nicht landen, sondern an der Bar lauschten wir einer guten Band aus Madagaskar. Die konnten alles covern, was mal in den Charts war und so zog es einige Touristen sogar auf die Tanzfläche.

Da ich ja immer eine alte Kriegsverletzung vorschiebe, komme ich meist
um so etwas herum. Mir war nicht nach
tanzen, Sonja aber gab nicht auf und
schnappte sich ausgerechnet Hannah.
Ein Traumpaar, wenn sie miteinander
tanzten, wie sich ihre Hüften zur Musik
bewegten und sie anmutig über die
Bühne zu schweben schienen.
Ein israelischer Mitarbeiter kam zu mir
und fragte doch allen Ernstes, ob ich
eine von den Frauen abgeben könnte.
Natürlich nicht!
Was denkt der denn? Nach etwa zwanzig
Minuten tuschelten die Frauen miteinander, aus dem Augenwinkel sah ich
es genau. Kurz darauf sprangen die
Wildkatzen gleich auf mich zu und rissen
mich mit auf die Tanzfläche.
Nun tanzte ich zum Frust der restlichen
Männer in der Bar mit zwei Frauen,
wobei sich jede von ihnen Mühe gab,
sich so sexy wie möglich an mir zu rei-
ben und sich mit lustvollen Blicken
gegenseitig Konkurrenz zu machen.
Nach der Einlage war ich völlig breit und
bat um eine Pause.

Der Abend wurde lang! Die Frauen hatten so etwas von Power, eindeutig das stärkere Geschlecht sind sie.

Mein Bett wartete trotzdem auf mich. Ich schlief sofort ein und Sonja verließ noch einmal kurz unser Zimmer.

Als ich am Morgen aufwachte, lag sie neben mir und schlief aber noch. Da lag sie, meine Liebe, meine andere ein paar Zimmer weiter. Wie sich das anhört!

Ich stand schon mal auf, ging duschen und setzte mich auf den Balkon, um auf das Meer hinaus zu sehen. Indes stand Sonja auf und kam zu mir.

„Sag mal Sonja, wie soll es weiter gehen mit uns?"

Sie lächelte. „Wir machen einfach daraus, was wir wollen, oder hast du eine andere Idee?"

So gar keine Idee wäre treffender!

„Was ist mit Hannah?" Wollte ich wissen.

„Sie macht daraus, was für sie das Beste ist. Sie liebt dich, glaube mir."

Das machte es mir ja so schwer.

„Ich liebe euch Beide, gibt es denn so was? Ich will doch Hannah nicht weh tun und dir auch nicht!"

Scheinbar hatte sie keine Lust, weiter darüber zu sprechen, sondern zeigte mir, was man alles auf einem Balkon machen kann.

Vom Nachbarbalkon drang die Stimme von Avi zu uns herüber. „Mein Gott, wie die Tiere, überall und immer."

Der war doch bloß neidisch!

Die Sonne brannte schon morgens auf der Haut, als mein Telefon laut und auffordernd meine innere Ruhe beendete. Noch langsam in den Bewegungen nahm ich es in die Hand, Avi meldete sich. „Kommt rüber, los. Wir haben den Toyota von Marko Renz gefunden."

Ich war nicht sofort ganz fit, und bat Avi um zehn Minuten. In seinem Zimmer hatte er mehrere Computer zu laufen, auf einem war ein nächtliches Standbild zu sehen. Mitten in einer Stadt parkte der gesuchte Geländewagen von „Ärzte ohne Grenzen" in einer kleinen Seitenstraße. Die tunesischen Behörden waren schon alarmiert worden, aber mit einem Zugriff sollte gewartet werden, bis ein Team von uns in der Stadt ankam. Die Stadt hieß Tataouine. Einige unserer israelischen Soldaten wurden in diesem

Moment vor dem Hotel von einem Helikopter aufgenommen und in Richtung
Tataouine geflogen. Ankunftszeit dort
dann in zwanzig Minuten.

Die Stadt liegt malerisch am Rand des
Dahar Gebirges und wird gerne von
Touristen als Ausgangspunkt für
Wüstentouren genutzt. Das Gebiet
wurde eigentlich mehrmals von Drohnen
und Satelliten überflogen, da ist es mehr
als ungewöhnlich, den Geländewagen
erst jetzt zu finden.

Auf dem Monitor von Avi verfolgten wir
den Anflug des Helikopters live mit,
Drohnen in großer Höhe lieferten
gestochen scharfe Bilder. Ein Bodenteam
der tunesischen Armee rückte zeitgleich
zum Standort des gesuchten Wagens
vor.
Der Helikopter schien dicht über die
Stadt zu fliegen und brachte sich über
einem Haus, neben dem der Geländewagen stand, in Stellung. Soldaten
sprangen auf das Dach des Hauses und
von der Straße her sah man Soldaten
auf den Geländewagen zusteuern.

In diesem Moment erhellte ein Lichtblitz die Szenerie und hüllte die gesamte Gegend in eine Staubwolke ein.

Die Drohnen veränderten den Blickwinkel auf den gesuchten Geländewagen, immer neue Bilder kamen bei uns an.

„Avi, was ist da passiert?"

Ich schrie ihn an, er schüttelte nur mit dem Kopf, als ein Telefon klingelte. Hannah nahm ab und senkte den Kopf. Es dauerte eine Weile bis sie zu uns sprach. „Es gab eine Bombenexplosion, der Helikopter ist abgestürzt, es gibt viele Verluste unter den Soldaten. Entweder war im Haus oder im Geländewagen eine Bombe. Es muss noch geklärt werden, ob Radioaktivität ausgetreten ist."

Es wurde still im Raum, damit hatten wir nicht gerechnet.

Meiner Meinung nach packt sich keiner eine Bombe ins Auto, wenn er nicht weiß, dass in nächster Zeit ein Verfolger auftaucht und nach ihm sucht.

War doch irgendwo eine Information aus unserem Team nach draußen gedrungen?

Marko Renz kannte sich im Spiel aus, wusste von den Möglichkeiten, die Behörden haben, ein Fahrzeug aufzuspüren. Aber vielleicht hatte er noch einen Maulwurf in einer Behörde, der ihn mit Informationen versorgte.

Meine Überlegungen wurden von Hannah jäh unterbrochen. „Ion, schnapp dir das Auto und fahr nach Tataouine und melde dich dann bei mir. Du hast ja Erfahrung bei Anschlägen. Ach ja, nimm Sonja auch gleich mit, dann lernt sie was."
Dabei schaute sie mich merkwürdig an und meinte noch. „Diesmal fahrt ihr bitte durch, ohne in den Dünen anzuhalten, okay!"

Sie hatte bestimmt Überwachungsbilder von Drohnen gesehen, wo unsere kleine Pause kurz hinter Tripolis dokumentiert war. Na super!

Mein weißer Geländewagen stand auf dem Parkplatz, ich schaute sicherheitshalber noch einmal nach dem Motorölstand und dem Kühlwasser.
Der Weg mit dem Auto dauert etwa drei Stunden, da man erst von der Insel

Djerba, dann um den Golf von Boughrara fahren muss, um dann Richtung Tataouine zu gelangen. Mit dem Helikopter ging so etwas natürlich schneller.

Sonja setzte sich schon mal in den Wagen als ich noch im Motorraum zu tun hatte. Die Flüssigkeiten waren schnell überprüft, als mir der Lappen, mit dem ich den Ölmessstab abgewischt hatte, in den Motorraum fiel.

Von oben kam ich nicht heran, also musste ich von unten mit einem langen Arm nach dem Lappen greifen. Als ich ihn schon fast in den Fingern hatte, fiel mein Blick in den linken Radkasten. Zwischen dem unteren linken Querlenker und der Spurstange der Lenkung klemmte etwas. Eine Handgranate mit gezogenen Sicherungsring! Mir verkrampfte sich der Magen. Ganz vorsichtig schob ich mich unter dem Wagen hervor, ging langsam zur Beifahrertür und öffnete sie vorsichtig.

Sonja schaute mich ungläubig an.

„Was ist los? Was machst du?"

Mein Versuch, ruhig zu bleiben, wurde mit erhöhtem Blutdruck fast zunichte gemacht.

„Unter unserem Auto ist eine Granate versteckt. Du steigst jetzt ganz langsam aus, das Auto darf sich nicht bewegen oder ausfedern, verstehst du!"

Sie schaute mich an und nahm meine rechte Hand, streckte die Füße aus dem Wagen bis auf den Beton. Dann zog ich an ihren Armen, langsam und vorsichtig kam sie vom Toyota ein paar Schritte weg.

„Geh weiter weg, ich schau jetzt nach der Granate."

Sie entfernte sich etwa zehn Meter und blieb an einer Palme stehen.

Meinen Körper schob ich wieder langsam und vorsichtig unter den Geländewagen. Die Handgranate war gut platziert, wenn am Lenkrad gedreht wird bewegt sich die Spurstange und würde so die Position der Handgranate verändern, der Federbügel der entsicherten Handgranate würde abspringen und so eine Detonation auslösen. Insassen, die im Fahrzeug sitzen, hätten durch die Splitterwirkung keine Überlebenschance.

Mein Blick richtete sich auf die Granate, mit etwas zittriger Hand griff ich nach ihr und sah auf dem Querlenker den Sicherungsstift liegen. Also holte ich mir zuerst den kleinen Stift, zog dann die Granate aus ihrer Position und hielt den Federbügel schön fest. Meinen Körper drückte ich wieder unter dem Fahrzeug hervor, Sonja stand mit einem Mal vor mir, nahm mir den Sicherungsstift ab und steckte ihn wieder in das dafür vorgesehene Loch im Handgranatenkopf. Mir lief der Schweiß nur so in Strömen herunter und die Knie wurden mir weich.

Die Granate war älteren Herstellungsdatums, meiner Meinung nach ein französisches Modell, aber ohne Seriennummer.

Sonja nahm sie an sich und legte sie in das Handschuhfach vom Wagen.

Zusammen suchten wir den gesamten Geländewagen noch einmal gründlich ab, keine weiteren Sprengsätze.

Die Methode erinnerte mich stark an Partisanenkämpfe und Geheimdienstoperationen im jugoslawischen Bürgerkrieg in den neunziger Jahren. Da wurde häufig mit solchen Mitteln gearbeitet.

Wir machten uns also etwas verspätet auf den Weg nach Tataouine, ohne unser Team vom Vorfall zu berichten.

Mir war etwas schlecht geworden. Wer wollte uns aus dem Weg haben?

Mir fiel Hannah ein, sie schickte ausdrücklich mich auf die Mission und wollte Sonja dabei haben. Hannah? Sollte sie meinen Tod wünschen?

Klar, es war einiges geschehen. Für eine Frau ist es nicht einfach, ihren Ehemann ständig mit einer Jüngeren zu sehen und zu wissen, was zwischen uns ab geht. Aber unseren Tod so zu inszenieren und uns zusammen los sein? Das könnte auch Fragen aufwerfen.

Ich war mir nicht mehr sicher, was Hannah betraf.

Sonja sah es anders, sie ließ nichts auf Hannah kommen und verteidigte sie mir gegenüber bis aufs Letzte.

War meine Spürnase aus der Übung gekommen? Hatte ich nach all den Jahren im Job versagt? Wie konnte ich mich nur so gehen lassen und mit einer neuen Kollegin ein Verhältnis anfangen? Das brachte unseren kompletten Fall in Gefahr.

Die Strecke, die wir fuhren, nahm ich kaum wahr. Orte flogen nur so an uns vorbei und als das Dahar Gebirge schon am Horizont auftauchte, lenkte ich den Geländewagen an die Seite.

Ich sah Sonja an. „Ich liebe dich, verdammt noch mal! Aber ich bin völlig fertig mit der Welt, keine Ahnung wie es weiter gehen soll!"

Ihre warme Hand legte sich auf meinen Kopf und zog ihn zu sich heran, umarmte mich und sie blieb lange so in dieser Position verharrt sitzen. Zum ersten Mal sah ich sie weinen, große Tränen kullerten ihr die Wange herunter und ich küsste ihr die salzigen Tränen ab.

Es dauerte, bis sie etwas sagte, aber sie fing sich wieder und schaute mich ernst an.

„Ion, ich habe mich auch in dich verliebt, so etwas passiert mir sonst nicht. Bis jetzt bin ich eher immer auf der Suche nach schnellen Abenteuern gewesen und damit auch immer gut zurecht gekommen. Wenn es kompliziert wurde, bin ich gegangen. Aber ich will nicht mehr gehen, ich fühle mich sauwohl in deiner Nähe." Dabei streichelte sie mir über mein Gesicht.

„Lass uns weiterfahren, sonst schickt uns Hannah noch eine Drohne." Ich lachte und gab Sonja einen Kuss.

Ihre Liebeserklärung mir gegenüber tat mir so etwas von gut, aber die Situation an sich machte es nicht einfacher.

Die Stadt kam in Reichweite und schon in den Außenbezirken war eine deutlich erhöhte Militärpräsenz zu sehen. Große Militärfahrzeuge mit Maschinengewehren auf dem Dach standen an den großen Straßenkreuzungen der Stadt. An einer Militärsperrzone in der Nähe der Stelle der Bombendetonation, war für uns das Ziel erreicht.

Wir wiesen uns aus und wurden von bewaffneten Militärs an die Detonationsstelle gebracht. Hier waren schon israelische und tunesische Suchtrupps im Einsatz.

Ein junger Offizier der Tunesier kam auf uns zu und begrüßte uns im perfekten Deutsch.

„Guten Tag, Herr Kaiser? Sie wurden uns schon angekündigt. Ich bin Major Mehdi, wir haben die Situation hier schon unter

Kontrolle. Es gab zwölf Tote, im gesuchten Geländewagen detonierte eine Bombe. Plastiksprengstoff und Stahlkugeln mit Fernzünder. Der Helikopter hatte so kurz darüber keine Chance, er stürzte in ein Wohnhaus, auch da gab es leider Todesopfer. Wir konnten keine erhöhte Radioaktivität in der Gegend messen, also ein atomarer Brennstab befindet sich auf jeden Fall nicht mehr in der Nähe, falls er überhaupt mal hier war."

Sonja hatte aus dem Auto einen Geigerzähler geholt und begann an den zerfetzten Trümmern des Toyotas zu messen. An einem Teil vom Heckblech, was abgerissen war und in der Nähe lag, schlug das Gerät leicht aus. Also war unser gesuchtes radioaktives Material doch im Wagen gewesen. Vielleicht außen in einem Kraftstoffkanister.

Marko Renz hatte uns nur ein neues Puzzleteil hinterlassen und war über alle Berge verschwunden.

Ich kontaktierte Hannah und sie spürte an meiner Stimme, dass etwas nicht stimmte. „Was ist los Ion, du klingst so komisch? Ist alles in Ordnung? Ich gebe deine Information erstmal weiter, bleibt bitte mal da vor Ort und sucht euch ein Hotel. Dann überlegen wir weiter. Die ganze Gegend bis zur algerischen Grenze wird aus der Luft überwacht, der Typ kann sich nicht in Luft auflösen. Passt auf euch auf!"

War es ehrlich gemeint oder nur ein Vorwand, um abzulenken? Ich verdächtige schon meine eigene Ehefrau, mir eine Handgranate unter das Auto gepackt zu haben. Man ist das irre!

Wir sahen uns noch eine Weile an der Detonationsstelle um, das Ausmaß der Explosion und des Absturzes des Helikopters war immens. Trümmerteile lagen mehrere hundert Meter verstreut, teilweise bis in die Nachbarstraßen hinein. An den Häuserwänden waren deutlich Blut und menschliche Überreste zu erkennen.

Da die Detonation am frühen Morgen stattfand, gab es noch wenig Verkehr auf den Straßen, sonst wäre die Bilanz noch schlimmer ausgefallen.

Die lokalen Medien tippten eher auf einen Anschlag des IS oder von verfeindeten salafistischen Milizen.

Ich hatte während meines Beruflebens schon mit einigen Anschlägen zu tun. Wir untersuchten im Ausland schon öfter Anschlagsorte, bei denen es deutsche Opfer gab, wie auch im Jahr 2002 hier in Tunesien auf der Insel Djerba, wo ein mit Flüssiggas beladener Lastkraftwagen neunzehn Touristen tötete.
Mir kamen die Bilder von damals wieder in den Sinn, die zerrissenen Metallteile und das viele Blut überall.

Major Mehdi kam auf uns zu. „Die Bestätigung kam eben rein. Es war militärischer C4 Plastiksprengstoff mit einer Fernzündung, wahrscheinlich per Handy. Wir überprüfen noch sämtliche Mobilfunkverbindungen aus der Zeit der Detonation. Der Sprengstoff ist selten, gibt wenige, die darauf Zugriff haben."
Er gab mir eine kleine Plastiktüte in die Hand. „Das haben wir in der Nähe des Geländewagens gefunden, dürfte Russisch sein."

In der Plastiktüte lag ein angebrannter Teil einer Zeitung, mit kyrillischen Buchstaben.

Sonja sah es sich an. „Nein, nicht Russisch, Bulgarisch! Das ist ein Teil einer bulgarischen Zeitung."

Sie fotografierte das Stück ab und schickte es gleich an Hannah. Sie sollte heraussuchen, von wann die Zeitung war und wo man sie kaufen konnte.

Der tunesische Major empfahl uns ein Hotel am Stadtrand und wir machten uns auf den Weg, nachdem ich den kompletten Wagen wieder nach etwas Verdächtigem an der Lenkung unter-sucht hatte. Man wird ja schon paranoid nach solchen Vorkommnissen.

Wir machten uns auf in ein Hotel namens Sangho Privilege Tataouine, wohl ein recht gut besuchtes Hotel im Ort.

Der Parkplatz war gut gefüllt mit Geländewagen aus aller Herren Länder, bunt beklebt und weithin sichtbar als Teilnehmer einer Motorsportveran-staltung in der Sahara erkennbar.

Hier war es laut, aber trotzdem gemütlich. Viele Mechaniker arbeiteten an ihren Fahrzeugen und begrüßten uns schon von Weitem. Eine bunte Truppe aus allen Herren Länder.

Unser weißer Geländewagen stach hier etwas aus der Masse heraus und unser Kennzeichen aus Libyen wurde argwöhnisch beäugt. Erst als ich auf Deutsch in die Runde grüßte, wurde es lockerer.
Die Zimmer waren fast ausgebucht und nur eine teure Suite mit schönem Blick auf das Dahar Gebirge stand noch als Option für uns bereit. Also ein wenig Luxus muss schon mal erlaubt sein. Papa Staat darf mal wieder zahlen.

Die Erholung währte nicht lange als mein Handy klingelte.
Hannah hatte Neuigkeiten. Der angebrannte Schnipsel einer Zeitung gehörte zum Sofia Echo und war von gestern. Hier in Tunesien war diese Zeitung nicht erhältlich. Da auch unser gesuchter Marko Renz gestern nicht in Bulgarien war, muss ein anderer Beteiligter die Zeitung hierher gebracht haben.
Hannah hatte aber noch mehr herausgefunden. Die Zeitung gibt es auch an

Flughäfen, die Zahl hielt sich in Grenzen. Nur am Flughafen in Sofia, Burgas, Moskau, Frankfurt am Main und Brüssel.

Die Auswertung von Flügen aus diesen Destinationen und der Passagiere, der in Frage kommenden Flüge, lief.

Da waren wir doch auf etwas gestoßen, nicht schlecht, langsam kam Bewegung in den Fall.

Unser Abendessen war etwas lauter als geplant. Der komplette Tross aus Motorsportlern machte es sich auf der Außenterrasse vom Hotel gemütlich, es war Grillabend. Also nichts mit romantischem Candle-Light-Dinner für zwei Personen, eher ein zünftiger, deftiger Grillabend mit Benzingesprächen und Armdrücken am Nachbartisch.

Die Mechaniker vom Parkplatz erkannten uns wieder und winkten uns an ihren Tisch. „Eh, komm doch mit deiner Frau rüber zu uns, braucht doch nicht allein dasitzen!" Wie konnte ich nur so eine charmante Einladung ausschlagen.

Also setzten wir uns an den schon gut gefüllten Tisch eines Brandenburger Rallyeteams. Ich stellte uns kurz vor. „Ion Kaiser und meine Frau Sonja."

Neben mir lachte es. „Zweitfrau trifft es eher!" Sie macht mir doch meine Illusion völlig futsch!

Damit war das Eis gebrochen. Sie wollten wissen, ob wir hier Liebesurlaub machen und ich erzählte ihnen von der Dienstlichkeit unserer Reise hierher.

Als draußen auch noch nach dem Abendessen laut Musik erklang, hielt es meine kleine Tanzmaus nicht auf ihrem Stuhl. Nachdem ich um Erlaubnis gefragt wurde, hatte Sonja alle Hände oder Füße voll zu tun, die Tanzangebote der Mechaniker zu befriedigen.

Da ich mal wieder mit Hinweis auf meine alte Kriegsverletzung und die krummen Füße auf das Tanzen verzichtete, unterhielt ich mich lieber mit dem Teamchef.

Er erklärte mir ihre Route durch die Sahara. Es gab von hier nur einen Weg über enge Straßen im Dahar Gebirge und die dahinter liegenden alten Minenfelder aus dem Zweiten Weltkrieg, bis zur Oase Ksar Ghilane. Dann steht einem die große Sahara zur Eroberung zur Verfügung, der große Sandkasten zum austoben. Doch bis dorthin sind es locker vier bis fünf Stunden mit dem Auto.

Nachdem ich ihn noch einmal fragte, ob es keinen anderen Weg gab, holte er eine Landkarte aus seinem Zimmer und zeigte mir die Gegebenheiten.

Eine schmale Piste führt durch die alten Minenfelder, da sollte man nicht vom Weg abkommen. Die Biester lauern noch im Sand und können auch nach Jahrzehnten noch detonieren. Manch altes Autowrack zeugt noch von der Gefährlichkeit der Minen. Also sollte man schön auf der Fahrbahn bleiben und nicht mal zum Pinkeln hinter die Düne gehen.

Wenn einer in der Sahara verschwinden möchte, muss er auch da durch.

Mir kam gerade eine Idee.

Der Motorsporttross wollte morgen früh diese Route abfahren. Ich fragte den Teamchef, ob wir uns anschließen können. Er fand es eine großartige Idee. Aber er nimmt uns nur bis zur Oase Ksar Ghilane mit, danach gibt es Tiefsand und nur geübte Fahrer sollten sich dort in der Wüste blicken lassen. Außerdem fehlte unserem Geländewagen jedwedes Zubehör, wie Überrollbügel, zwei bis drei

Ersatzräder und Vorräte für eine Wüstendurchfahrt.

Das sah ich ein, aber mein Unterbewusstsein verriet mir, es war die richtige Route, wenn sich jemand absetzen wollte. Die Drohnen werden aus der Luft kein altes Minenfeld, was so groß ist wie das Bundesland Hessen, fotografieren, wo sonst kein Auto lang fährt.

Meine Pläne verriet ich nur Sonja, Hannah wollte ich mit Absicht aus der Informationskette herauslassen.

Die Nacht war kurz, der Weckservice des Hotels schmiss uns schon kurz nach fünf Uhr aus dem Bett, ein kurzes Frühstück und dann ab in die Autos.

Unseren Geländewagen hätte ich fast übersehen, nur ein Blinken verriet mir, es war der, mit dem wir angekommen sind.

Er war optisch nicht von der Motorsportmeute zu unterscheiden, da hatte sich wohl in der Nacht noch einer mit vielen Sponsorenaufklebern am Toyota zu schaffen gemacht.

Der Teamchef kam zu uns, nachdem ich mal wieder unter dem Wagen nach etwas nicht Dazugehörigem geschaut hatte.

„Guten Morgen, aber mit einem weißen Geländewagen hätten wir euch nicht mitgenommen, wäre uns zu peinlich."

Eine bessere Tarnung gab es wirklich nicht, wir tauchten in der Welt des Motorsports und der PS-Karawane einfach unter.

Ich schaltete mein Handy aus und bat Sonja auch darum, es mit ihrem auch zu tun. Falls uns jemand nach dem Leben trachtet, was außer Frage steht, dann sind wir ab jetzt unsichtbar, selbst die Handy-Rückverfolgung klappt nicht mehr.

Ich zählte über vierzig bunte Geländewagen und schwere Begleit-Lastkraftwagen, die vom Hof des Hotels fuhren. Ich reihte mich in der Schlange ein.

Ab jetzt wurde jede kleine Dorf-durchfahrt von den Einheimischen mit Winken belohnt. Zu selten waren solche Convois hier. Das nahe Dahar Gebirge erreichten wir als die Sonne schon über dem Horizont stand. Die Straße wurde schmaler und nach der Gebirgs-überquerung verschwand sie gänzlich.

Mal tauchte ein Stück Asphalt auf, der sich mit Sand und Steinpassagen abwechselte.

Alte Blechschilder mit einem Totenkopf auf der rechten Seite mahnten uns dort, ja nicht in das Gebiet zu fahren.

Bis heute hat dort niemand die Minen der deutschen Wehrmacht und der Engländer beseitigt. Nur manchmal tauchten alte Relikte aus dem Krieg auf, zerrissene Fahrzeuge beider Armeen, die immer wieder auch auf ihre eigenen Minen gefahren sind. Die Frontlinie verschob sich hier immer wieder hin und her bis das Afrikakorps von Erwin Rommel an der tunesischen Mittelmeerküste kapituliert hatte.

Eine Straße nach Ksar Ghilane sollte angeblich noch vor uns auftauchen, doch die tunesische Straßenmeisterei hatte sich dazu entschlossen, diese kurzerhand aus der Erde zu graben und in den nächsten Monaten zu erneuern. Fünfzig Kilometer ging es nur Offroad.

Ein wildes Kamel mit langen Wimpern, was an der Straße stand, grinste uns an, als wollte es uns sagen: „Selber Schuld, wenn ihr hierherkommt, nur was für ganz Harte!"

Meine Fahrkünste waren abseits der Straße noch nicht erprobt worden und so überholte uns ein Fahrzeug nach dem anderen, bis wir als Schlusslicht der Karawane den Staub schlucken mussten. Als die Oase in Sicht kam, war ich an meiner Leistungsgrenze angekommen. Die Fahrer der anderen Geländewagen stiegen quietschvergnügt aus und freuten sich über die gefahrene Strecke.
Nach meiner Frage an sie, ob es wirklich für sie ein Spaß war, bekam ich schon fast im Chor die Antwort. „JA! Na klar!"
Nicht zu fassen. „Ihr Motorsportler seit doch alle gestört!"
Meine Bandscheiben meldeten sich nacheinander, aber Sonja versprach mir eine Massage.
Nach der Frage, wo hier ein Hotel wäre, bekam ich nur Gelächter zurück. Es gab mal welche, aber momentan sind die zu, nach der Revolution kamen kaum noch Touristen und es lohnt sich einfach für sie nicht.
Unser Schlafproblem wurde anders gelöst. Aus einem Lastwagen warf uns

ein Mechaniker ein Zelt und zwei Matten zu. Ich hasse Camping, maximal mit einem Wohnmobil, ansonsten ein großes NEIN!

Wir hatten keine Wahl.

Ich wollte mich hier noch etwas umsehen und den Geigerzähler etwas suchen lassen, also nahm ich das Zelt und stellte es in den Sand neben unser Auto. Sonja fand es spannend, sie war auch noch nicht in meinem Alter.

Unser Hotelzimmer aus Stoff stand bald, schon beim Probeliegen schmerzte mir jeder Knochen, aber Sonja versprach, mich zu pflegen. Da erkannte ich schon wieder den Altersunterschied. Sie war über zwanzig Jahre jünger als ich, aber ich will mich nicht beschweren.

Die Oase Ksar Ghilane hatte einen üppigen Palmenbewuchs, auf der anderen Seite fing die Tiefsandpassage an, also für uns verbotenes Terrain. Also machten wir uns zu Fuß auf und hielten die Geigerzähler in alle Richtungen.

Als wir fast schon aufgeben wollten, fing ein Geigerzähler an auszuschlagen. An einem Parkplatz eines geschlossenen Hotels. Auf einer Breite von einem Meter mal zwei Meter. Hier stand ein Fahrzeug, was radioaktives Material transportiert hatte, aber wohin ist es gefahren?

Von hier aus führt eine Sandpiste in Richtung Westen. Die Motorsportler können uns da bestimmt sagen, wo es dort hin geht. Laut unserer Landkarte gab es ab der Sandpiste nur noch endlose Sahara bis zum Atlasgebirge in Marokko. Ein Gebiet, was kaum zu kontrollieren ist.

Ein Teilnehmer der Motorsportrallye hatte aber eine Idee, er war vor Jahren schon mal in diesem Gebiet. Kurz nach der Grenze zu Algerien gibt es Mitten in der Wüste ein altes Kastell, komplett rund und noch aus der römischen Zeit. Früher mal Anlaufpunkt für Sahara-Fahrten mit Geländewagen, aber vor zehn Jahren wurde es militärisches Sperrgebiet, da sich dort islamistische Fundamentalisten Gefechte mit der Armee geliefert hatten.

Eine gute Information, aber eigentlich bräuchte ich jetzt Hannah als Hilfe. Wir überlegten, ob ich Hannah nun trauen sollte, aber Sonja war immer noch voll auf ihrer Seite. Also machte ich mein Handy an und wartete auf Empfang. Vier verpasste Anrufe in Abwesenheit zeigten mir, ich war wichtig. Also rief ich zurück, Hannah war am Telefon und etwas genervt. „Man, wo bist du denn, hast du dein Handy ausgemacht?"

Eine Notlüge überkam mich, „Nein, hier war unser Mobilfunknetz völlig tot."

Stille bei ihr. „Den ganzen Tag? Ach egal, wir haben etwas herausgefunden. Die Zeitung stammt aus Frankfurt am Main, es kam nur ein Zeitungskiosk in Frage. Nur sie hatten auch eine bulgarische Zeitung im Angebot, von allen anderen Flughäfen ging gestern auch keine Maschine nach Tunesien. Ich habe mir die Videoaufzeichnungen vom Flughafen geben lassen. Ein Mann hat die Zeitung gekauft und ist von Frankfurt am Main nach Enfidha in Tunesien geflogen, dort in einen Mietwagen von Avis Autovermietungen gestiegen und mit unbekanntem Ziel in Tunesien irgendwo untergetaucht.

Ich hatte dir schon ein Foto von dem Mann geschickt."

Auf die Bilder hatte ich noch gar nicht gesehen. Als ich sie öffnete, war mir so einiges klar geworden.

„Ich kenne den Mann!" Und ich zeigte Sonja das Bild. Hannah war sichtlich überrascht. „Er heißt Bogdan Smetanov und kommt aus Russland."

Da wusste ich mehr. „Nein, der Typ heißt Vladimir, lebt in Berlin-Zehlendorf und ist Bulgare. Wir haben die Spur des Brennstabes wiedergefunden.

Ich brauche mal Bilder aus der Gegend und schicke dir mal unsere Standortkoordinaten."

Kurz danach meldete sich Hannah wieder. „Äh, bist du sicher, dass der Standort stimmt? Ihr steht sehr weit weg von Tataouine."

Klar stimmte der Standort, aber sollte ich ihr sagen, ich hatte mein Handy abgestellt, da ich ihr nicht mehr vertraut habe.

„Ja, der Standort stimmt Hannah. Du, ich muss mich unbedingt mit dir mal unterhalten, es ist wichtig, aber nicht am Telefon, okay!"

Wieder war es still. „Gut Ion, machen wir, passt auf euch auf, Küsschen!"

Das klang nach meiner Hannah und meine Sonja stand neben mir. Super, mein durcheinander gekommenes Leben!

Die Nacht kommt schnell in der Wüste und es wurde etwas kühler, im Camp der Motorsportler war noch Trubel. Mangels Vorräten in unserem Auto wurden wir zum Essen eingeladen. Lecker Dosenfraß, was aussah wie Hundenahrung. Das Etikett verriet aber, es handelte sich um schmackhafte, italienische Küche, mit feinsten Zutaten. Aufgewärmt auf einem Campingkocher und mit einem Bier zum Runterspülen war es sogar genießbar.

Die harte Matte im Zelt allerdings nicht. Nach nur eine Stunde auf der Matte ertastete ich ein Ventil und als ich daran herumschraubte, zischte es. Die Matte blies sich selbst auf! Mir fehlt halt noch viel Erfahrung am Busen von Mutter Natur. Sonja schlief schon, aber auch ihre Matte ließ ich auf Komfort umstellen, nachdem ich am Ventil gefummelt hatte.

In meinem Alter werde ich wohl in gemütlichen Hotels mein Nachtlager suchen. Vorbei die wilden Jahre und wenn ich dabei so über meine neben mir schlafende Schönheit nachdenke, fällt mir der große Altersunterschied wieder ein.

Sie steckt noch völlig in ihrer wilden Zeit drin. Ich gönne es ihr, aber kann ich da wirklich noch lange mithalten? Sind unsere Interessen auf gleicher Höhe?

Was soll ich zweifeln, ich genieße es einfach weiter, bis mich die raue Wirklichkeit wieder packt.

Die Müdigkeit sollte mich doch noch etwas schlafen lassen.

Der Versuch, aus dem Zelt zu kommen, um den nächsten Tag zu begrüßen, wurde von meinen alten Knochen gebremst. Auch auf das Erlebnis der Camping Gemeinschaftsdusche möchte ich bis zu meinem Lebensende ab heute verzichten. Diese Bilder werde ich in den Tiefen meiner Seele verstecken.

Der Abschied von unseren Motorsport-freunden stand bevor, sie mahnten uns noch einmal eindringlich, nicht ohne Begleitung in die Wüste zu fahren und machten sich danach in einer Staubwolke auf den Weg in die Sahara. Eine Zeit lang schauten wird dem Tross noch hinterher, doch bald war auch der letzte Geländewagen in den hohen Sanddünen verschwunden.

So blieben wir mit unserem bunt beklebten Toyota Geländewagen zurück, es wurde still um uns, nur von Ferne schrie ein Esel in der Nähe zur Wüste.

Wir dachten gerade über die Rückfahrt nach Tataouine nach als mein Handy klingelte. Avi hatte auf Bildern den Mietwagen von Vladimir, unserem gesuchten Bulgaren, entdeckt. Nur zehn Kilometer von unserem Standort aus in der Wüste stand er, laut Avi sollte ein Sandweg etwa vierhundert Meter rechts von uns direkt zu ihm führen. Von der Küste aus wird zeitgleich ein Helikopter in unsere Richtung geschickt, wir dürften aber schneller am Zielort sein.

Der Helikopter müsste laut seiner Berechnung etwa fünfzehn Minuten nach uns dort eintreffen und wird uns unterstützen.

Mir war der Gedanke, doch in die Wüste fahren zu müssen, nicht sehr geheuer. Wir wurden extra gewarnt, solchen Weg nicht mit einem Fahrzeug anzutreten.

Die Wiederbeschaffung des atomaren Brennstabes war zu wichtig, um sich jetzt an Verbote zu halten. Der Toyota war geländetauglich und wird die Passage schon schaffen, wenn nicht, müssen sie uns halt hier rausholen.

Schon nach einem Kilometer war die Sandpiste völlig verschwunden, mal tauchte sie unter dem herangewehten Sand wieder auf, um dann mal rechts oder links von meiner gefahrenen Spur zu erscheinen.

Hätte ich doch besser im Camp zugehört. Was hatten die Motorsportler gesagt? Im Tiefsand Vollgas geben und welchen Hebel sollte ich hier im Toyota drücken, oder ziehen? Ich entschied mich für Vollgas.

Sonja blätterte in der Bedienungsanleitung des Toyotas herum und gab mir gute Vorschläge. Was zum Geier ist eine Untersetzung im Getriebe und eine Differenzialsperre?

Erst als wir einen Sprung über einen Sandhaufen machten, der mit einem Male vor uns spontan auftauchte, bremste ich den Wagen ab und kam in einer Staubwolke zum Stehen.

Um uns zu orientieren, kletterten wir auf das Dach. Die Spuren im Sand hinter uns waren kaum zu sehen, für unseren Rückweg sollte ich mir etwas einfallen lassen.

Ab jetzt hieß es, etwas ruhiger im Gelände unterwegs zu sein. Sonja hatte

die Anweisungen in der Bedienungsanleitung verstanden und übernahm das
Lenkrad ab jetzt.

Sie fuhr den Wagen viel ruhiger als ich,
kämpfte sich durch sandige Passagen
und durch Geröllzonen, die immer
wieder unvermittelt vor uns auftauchten.
Nur von der uns versprochenen Sandpiste war weit und breit nichts mehr zu
sehen und der Handyempfang war schon
einen Kilometer vorher ausgefallen. Hier
in der Wüste ist man wirklich auf sich
allein gestellt. Laut dem Kilometerzähler
hätten wir schon auf den Mietwagen von
Vladimir stoßen müssen, aber hier etwas
zu finden, ist fast unmöglich.

Also stellten wir uns mal wieder auf das
Autodach. Egal wie, wir hatten uns
verfahren! Aber so richtig!

Vor uns stand links eine endlose Wand
aus hohen Sanddünen, hinter uns eine
Geröllwüste, neben uns nur mit
Kamelgras bedecktes Trockengebiet.

Keine Spur von einem anderen Wagen,
keine Spuren im Sand von irgendetwas
und nur meine Vermutung anhand der
Uhrzeit und des Sonnenstandes, wo sich
Süden befinden müsste.

Diese Fahrerei in der Sahara fing an, mich zu nerven, vor allem, weil ich es nicht konnte!

Bis zu den hohen Sanddünen wollten wir noch fahren. Wenn es dort auch keine Hinweise auf etwas gibt, werden wir den Rückweg antreten. Der Helikopter sollte eigentlich schon längst in der Nähe sein, aber außer Wind war nichts in der Nähe zu hören.

Einen anderen nicht unwichtigen Punkt hatten wir völlig außer Acht gelassen. Die Mitnahme von Trinkwasser! Die Außentemperatur schien schon Richtung der vierzig Grad Marke zu klettern und mein Mund war schon mehr als trocken.

Langsam tasteten wir uns mit dem Wagen an das Tiefsandgebiet des großen Dünenfeldes heran, als vom oberen Dünenkamm einer unübersichtlichen Sanddüne ein Geländewagen sehr schnell auf uns zusteuerte. Sonja sah ihn und wich aus. Leider war die Aktion nicht von Erfolg gekrönt und wir saßen mit Schwung im tiefen Sand der Düne fest. Ich schrie Sonja an, sie solle sich in Sicherheit bringen, denn aus dem Augenwinkel waren zwei Männer zu erkennen, die mit gezogenen Waffen auf unser Auto zu liefen. Zu spät, der eine riss die Beifahrertür auf und hielt mir die Waffe an den Kopf. Den anderen kannte ich. Vladimir zog Sonja vom Fahrersitz und schlug ihr ins Gesicht, so dass sie neben dem Toyota in den Sand fiel. Sie nahmen uns die Dienstwaffen ab und steckten sie in ihre Gürtel. In mir schoss die Wut hoch, aber Vladimir zog Sonja an den Haaren um den Wagen herum und warf sie mir vor die Füße.

Ich sparte mir die Konversation mit diesen Typen, sondern hob Sonja auf und drückte sie hinter mich.

„So sieht man sich wieder. Ihr seid doch die Spitzel aus Berlin? Was glaubt Ihr, hier zu finden? Viel zu spät, meine Freunde. Was Ihr sucht, ist schon weg. Irgendwann wird sich eine Organisation auf den Weg machen und das radioaktive Material unter die Menschen bringen. Die Schläfer passen gut auf unser Material auf."

Es bringt meistens nichts, sich mit solchen Leuten zu unterhalten, also blieb ich still. Sonja aber beschimpfte Vladimir auf Bulgarisch, ihn schien es aber eher zu belustigen.

„Ich überlege, ob wir die Hübsche nicht mitnehmen sollten, für ein wenig Spaß zwischendurch."

Da kreiste Sonja komplett aus, so wütend hatte ich sie noch nicht erlebt.

„Sonja, bleib ruhig, es bringt nichts, wenn du dich aufregst."

Sie schien es anders zu sehen und ich hatte Mühe, sie festzuhalten.

Vladimir sah in die Heckscheibe unseres Geländewagens, ging auf die linke Seite und zog seine Waffe. Dumpf krachte der Schuss und der linke Hinterreifen zerbarst in einer kleinen Staubwolke. Auch dem rechten Hinterreifen erging es nicht anders. Da wir nur einen Ersatzreifen an Bord hatten, war unsere Reise mit diesem Auto hier zu Ende.

Vladimir grinste in seinen Vollbart. „Die Zicke lassen wir lieber hier, die macht bloß Ärger auf der Fahrt." Hörte ich ihn noch sagen.

Somit stiegen sie wieder in ihr Fahrzeug ein und steuerten langsam auf die Ebene mit dem Kamelgras zu. Auf diesen Moment hatte ich gewartet. Aus dem Handschuhfach holte ich die Handgranate heraus, die mir einer unter das Auto legen wollte, riss den Sicherungsstift mit der linken Hand heraus und warf sie dem Fahrzeug von Vladimir hinterher. Dann warf ich mich auf Sonja bis wir neben unserem Toyota im Sand zum Liegen kamen.

Die Detonation war ohrenbetäubend, Glassplitter flogen durch die Luft und trafen auch mich noch am Rücken. Die Heckscheibe unseres Wagens wurde mit zerstört. Ich sprang auf und sah auf einen brennenden Geländewagen in ein paar Metern Entfernung. Ich schien ihn auf der rechten Seite erwischt zu haben, denn dort hing die Beifahrertür, von Splittern der Granate durchlöchert, schief am Fahrzeug.

„Alles in Ordnung bei dir, Sonja?" Sie nickte nur sprachlos.

Aus dem brennenden Fahrzeug war noch Munition zu hören, die durch das Feuer hoch ging, und wir gingen lieber in Deckung.

Unsere Situation hatte sich nicht unbedingt verbessert. Ab jetzt müssen wir zu Fuß zurück, ohne Wasser. Lange werden wir das nicht durchhalten.

In meiner linken Hand hielt ich noch den Sicherungsstift der Handgranate und wollte ihn gerade in den Sand werfen, als mir etwas auffiel. Ich steckte ihn mir vorerst in die Hosentasche.

Sonja setzte sich in den Sand. „Was machen wir nun? Probieren wir zurück zu laufen oder bleiben wir lieber hier, falls der Helikopter in der Nähe ist und die Rauchsäule sieht?"

Wir entschlossen uns für Bleiben, der Geruch von verbranntem Fleisch, Gummi und Plastik drehte mir fast den Magen um. Nach einer Stunde war der Geländewagen von Vladimir komplett ausgebrannt und die Leichen auf den Vordersitzen knusprig schwarz verkohlt.

Da drang ein Geräusch zu uns, ein weit entferntes Brummen war zu hören. Die Richtung war nicht auszumachen, also entschlossen wir uns, auf eine Sanddüne zu steigen, um dort eine bessere Sicht zu haben und uns bei etwaigen Rettern bemerkbar zu machen.

Soweit kam es nicht. Über den Dünenkamm sprang ein Lastwagen im Rallyetrimm auf uns zu, gefolgt von weiteren bunten Fahrzeugen. Unsere Motorsportler waren wieder da und kamen neben uns zum Halten. Wiedersehen kann auch Freude machen.

Sie hatten die Rauchsäule in einiger Entfernung gesehen. Da Hilfe in der Wüste oberstes Gebot ist, nahmen sie Kurs auf den Qualm und trafen auf uns. Der Teamchef war weniger erfreut, uns zu sehen. Ohne Wasser und Ausrüstung fährt man nicht in die Wüste! Na gut, die Erfahrung hatten wir ja nun auch gemacht. Wasser und etwas zu Essen kam mir vor wie ein opulentes Mahl in einem guten Restaurant, aber einige Probleme blieben noch.

Da unser Toyota zwei zerschossene Reifen hatte, wurde aus dem Konvoi noch ein Ersatzreifen benötigt, um weiter fahren zu können. Einen hatten wir ja dabei, nur nicht die Möglichkeiten, diesen auch zu wechseln. Die Arbeit war mit fleißigen Helfern schnell erledigt, der Wagen mit Hilfe von Bergeseilen aus dem Sand gezogen und zwei Fahrzeuge unserer motorisierten Freunde sollten uns aus der Wüste wieder nach Ksar Ghilane eskortieren.

Sie hatten wohl einen besseren Orientierungssinn, mein Weg wäre definitiv ein anderer gewesen. Damit waren meine Motorsportambitionen voll und ganz befriedigt. Noch einmal wird mich die Sahara nicht wiedersehen.

Kurz vor Ksar Ghilane machte sich auch das Telefon wieder bemerkbar. Hannah hatte schon mehrfach versucht, mich zu erreichen. Als ich sie zurückrief, erzählte ich ihr von unserem Zusammentreffen mit Vladimir. Hannah war etwas besorgt. Nun nahm auch unser letzter Zeuge die Information mit ins Grab genommen, wo sich das radioaktive Material befinden könnte. Auch auf die Frage, ob es sich bei dem zweiten Mann um den gesuchten Marko Renz handelte, konnte ich ihr nicht antworten.

Der angeforderte Helikopter war wegen Triebwerksschaden am Boden geblieben und sie konnte uns nicht mehr erreichen oder vorwarnen.

Es hätte auch schiefgehen können in der Wüste, dem war ich mir jetzt auch bewusst.

Diese Nacht wollten wir noch in der Oase Ksar Ghilane bleiben, morgen dann weiter in unser Hotel nach Tataouine oder, falls wir zurückbeordert werden, uns wieder auf der Insel Djerba einfinden.

Wir schliefen diesmal im Fahrzeug, nachdem wir über unser weiteres Vorgehen nachdachten.

Unsere Informationsquellen waren versiegt, die Luftüberwachung hatte in einem so großen Gebiet kaum mehr Chancen auf Erfolg und mir ging immer noch die Sache mit der Handgranate unter dem Auto nicht aus dem Sinn.

Viele Menschen wussten nicht, welches Fahrzeug zu uns gehörte, mir kam trotzdem ein Verdacht. Den konnte ich aber nur auf der Insel Djerba aus dem Weg räumen.

Mir gingen auch nicht die letzten Worte von Vladimir aus dem Kopf. Er meinte, Schläfer passen auf das Material auf. Gut, Schläfer werden nach einiger Zeit wieder aktiviert und können dann zum Beispiel als Einzeltäter bei Terroranschlägen eingesetzt werden. Doch welcher Schläfer, der nicht entdeckt werden möchte, legt sich radioaktives Material hin? Da ist die Gefahr sehr hoch, schnell entdeckt zu werden.

Es klang einfach nicht logisch, aber eine Lösung bahnte sich nicht wirklich an.

Ich freute mich schon auf unser Hotel in Tataouine, endlich mal wieder eine Dusche ohne Gruppendynamik und gutes Essen.

Sonja war recht still in letzter Zeit. Mehrfach versuchte ich, zu ihr durchzudringen, aber es war mir einfach nicht möglich, zu erfahren, was sie hatte.

Das Dahar Gebirge war nach längerer Zeit durchquert und am frühen Nachmittag rollten wir auf den Parkplatz vom Hotel. Kein Motorsportzirkus empfing uns und der Gang auf unser Zimmer versprach etwas Ruhe und private Mußestunden.

Heute ließen wir uns das Essen auf unser Zimmer kommen und machten es uns auf dem Bett gemütlich. Sonja schaute mich an und fing an zu reden.

„Ich habe mir Gedanken gemacht, wie es mit uns weiter gehen soll. Ich glaube Ion, du steckst irgendwie in der Krise und weißt nicht, wie du weiter machen sollst."

Das hatte sie gut erkannt, aber wo war die Lösung?

Die hatte sie auch gleich parat. „Ich habe dich wirklich sehr lieb, aber was machst du, wenn du dich entscheiden musst? Hannah oder ich? Für wen entscheidest du dich, ich weiß es. Du wirst deine Ehe retten wollen. Ich kann es dir nicht einmal verübeln, würde ich bestimmt auch tun. Da hängt ja so viel noch dran. Vielleicht war es mit uns einfach ein schöner Traum. Weißt du, wie ich es meine?" Dabei schaute sie traurig zu mir auf meine Bettseite herüber und mir war zum Heulen, wollte sie mir damit sagen, es ist vorbei?

Ich muss gestehen, wenn ich mich entscheiden muss, bricht eine Welt für mich ein, so oder so. Ich möchte weder auf Hannah noch auf Sonja in meinem Leben verzichten. Schon wenn ich daran denke, krampft sich mein Herz zusammen.
Ich zog Sonja zu mir auf meine Bettseite und hielt sie einfach nur fest.
Nach langer Zeit drehte ich meinen Kopf etwas und sah, wie sie leise weinte.
„Sonja, ich liebe dich und finde eine Lösung, versprochen!"
Wie soll die bloß aussehen? Da kommt noch richtig was auf mich zu!

Kurz bevor wir so einschliefen, hörte ich Sonja noch ganz leise sagen: „Ich liebe dich auch!"

Tja, wenn jemand erfahren möchte, wie man glücklich und traurig zugleich sein kann, dann sollten Sie sich bitte einfach an mich wenden.

Schon in der Nacht rüttelte der Wind draußen an den Fenstern und am Morgen sah ich vom Fenster das Dahar Gebirge nicht mehr. Ein Sandsturm war schon in der Nacht aufgezogen und hielt die Menschen in den Häusern.

Also versuchten wir nach dem Frühstück, das Hotel zu erkunden. Sonja blieb beim Friseur hängen und ich schaute dem Meister dabei zu, wie er gekonnt nur die Spitzen schnitt und blätterte dabei in Reiseführern, die in großer Zahl die Schönheit der Umgebung von Tataouine priesen.

Meine Augen blieben an einem kleinen Artikel kleben. Wie gebannt las ich von einer sehr alten Moschee in den Dahar Bergen, die Moschee der sieben Schläfer, auch die sieben Riesen genannt. Der Legende nach waren dort Christen in den Höhlen eingeschlafen und erst nach vielen hundert Jahren als Riesen und Moslems aufgewacht. Diese wurden dort auf dem Friedhof an der Moschee in Riesen-Gräbern bis zu sieben Metern Länge beigesetzt.

War das der Hinweis, nach dem wir gesucht hatten? Schläfer, die nichts mit Terroristen oder Attentätern zu tun hatten? Dort sollen sich Höhlen befinden, also ein ideales Versteck für unser gesuchtes Material.

Sonja war begeistert von der Idee.

Ich rief Hannah an. Auch auf der Insel Djerba tobte der Sandsturm und ließ momentan keine Aktionen außerhalb von Gebäuden zu.

Von unserem Standort war es höchstens dreißig Fahrminuten entfernt. Also sobald der Sturm abgeflaut war, werden wir uns auf den Weg machen, um uns dort umzusehen. Ich hatte freie Hand von Hannah bekommen, um die Gegend schnellstmöglich zu erkunden.

Nach weiteren vier Stunden war der Spuk vorbei, innerhalb von Minuten war es windstill und die Sonne kam wieder heraus.

Sonja, frisch frisiert und gut gelaunt, nahm auf dem Beifahrersitz Platz. Ich durfte den Toyota noch vom Flugsand befreien. Hannah schrieb ich noch, als wir uns auf den Weg machten.

Der Weg war schön. Vorbei ging es an kleinen Oasen und Palmenhainen in Richtung eines alten verlassenen Dorfes mit dem Namen Douiret. Schon von Weitem war das alte Bergdorf hoch oben auf einem Berg sichtbar, fast hätte ich die Abzweigung verpasst. Nur ein altes Blechschild kündete von einer Moschee in der Nähe.

Die Bergstraße zog ihre Kurven um die Berge und vor uns tauchte ein windschiefer Turm einer alten, weiß getünchten Moschee auf. Umgeben von einer hohen Mauer ließ sie die Blicke der flüchtigen Betrachter draußen. Erst als man das Gehöft fast umrundet hatte, öffnete sich ein Friedhof und gab den Blick auf sieben enorm lange Gräber frei. Die Moschee schien verwaist zu sein, hierher verirrt sich kaum jemand, als in der offenen Tür Bewegung sichtbar wurde. Ein alter Mann kam langsam auf uns zu und begrüßte uns. Sein Blick war starr und seine Blindheit schien ihm hier in der Einöde nichts aus zu machen. Ich verstand nichts, von dem was er sagte, schüttelte ihm aber die Hand und gab ihm etwas Geld in die Hand. Er deutete auf die Eingangstür und bat uns hinein.

Sonja hatte den Geigerzähler in der Hand und war schon im Eingang verschwunden als von innen ihre Stimme zu hören war. „Treffer!"

Ich eilte hinterher. Der Geigerzähler schlug aus, nicht viel, aber genug, um zu erkennen, es handelt sich nicht um eine Fehlmessung.

Ich rief Hannah an, erzählte ihr vom alten Mann und den Messwerten und sie bat mich, doch mein Handy dem alten Mann einmal zu geben.

Sie sprach mit ihm Arabisch, fast fünf Minuten lang. Als ich das Handy wieder an mich nahm, hörte ich Hannah nur sagen. „Seid vorsichtig, ich schicke ein Notfallteam für radioaktive Dekonta- minierung zu euch. Der alte Mann hat von Fremden erzählt, die in der letzten Zeit bei ihm waren und sich für die Höhlen neben der Moschee interessiert hatten. Denk daran, dieser Marko Renz ist bis jetzt auch nicht aufgetaucht."

In der Moschee waren zwar einige kleine Räume, die Strahlung war aber zu gering, um hier das radioaktive Material zu lagern. Rundherum in den Bergen gab es dafür unzählige Höhlen und Spalten in den Felsen.

In einer kleinen Nische im Inneren der Moschee, die zur Seite des Friedhofs zeigte, war die Strahlungsintensität fast schon zu hoch gewesen. Also kann sich bloß auf der gegenüberliegenden Seite ein Hohlraum befinden, in dem sich unser gesuchtes Material befindet.

Über die Friedhofsmauer war es nur ein kurzer Weg zu den steinigen Hängen des Berges hinter der Moschee. Überall war das Gestein porös und löchrig, vereinzelt waren die Öffnungen so groß, dass sich ein Mensch hineinzwängen konnte. Mir sind Höhlen und Löcher in der Erde nicht so sehr sympathisch, lieber bleibe ich darüber und erfreue mich an frischer Luft und der Weite der Landschaft. Man könnte auch sagen, ich habe etwas Platzangst. Bei Sonja schien es nicht der Fall zu sein, sie zwängte sich gekonnt in eine Öffnung im Fels und nahm ihr Handy als Taschenlampe zur Hilfe. Außer einzelnen Skorpionen war nichts zu finden. Die Strahlung blieb gleichmäßig hoch, nicht besorgniserregend, aber höher als normal. Auch ohne die Strahlung macht diese Gegend den Anschein auf einen, als gäbe es hier mehr Dinge zwischen Himmel und Erde als uns bewusst ist.

Hinter mir hörte ich ein metallisches kleines Geräusch und bei mir stellte sich der Körper sofort auf Abwehr um. Wenn der Verschluss einer Waffe zu hören ist, sollte man sich in Acht nehmen.

Unsere Dienstwaffen hatten die Explosion des Autos von Vladimir nicht überlebt und ich kam mir mehr als schutzlos vor. Sonja stand schon wieder vor mir und schaute mich mit großen Augen an.

Der alte blinde Wächter der Moschee stand auf der Friedhofsmauer und hielt uns eine alte französische Armeepistole entgegen.

So blind und unwissend schien er dann doch nicht zu sein und unsere Chancen, hier etwas ausrichten zu können, schwanden zusehends.

Ein weiterer Mann tauchte aus dem Nichts hinter einem abgestürzten Felsen auf und kam uns entgegen. Die alte

Armeepistole nahm ab jetzt der Neu-
ankömmling in die Hand und schickte
den alten Mann zurück in die Moschee.

Ich versuchte, Zeit zu gewinnen. „Herr
Renz, wenn ich nicht irre?"
Er schaute etwas gelangweilt zu mir
herüber und nickte nur.
„Tja, dann bleibt mir wohl wenig Zeit.
Wer hat euch denn hierher geschickt?"
Ich musste mit ihm ins Gespräch
kommen und durfte die Kommunikation
nicht abreißen lassen, nur dann gab es
noch eine Möglichkeit für uns, aus der
Sache heil heraus zu kommen.
Ich stellte uns vor, vermied es aber, ihm
zu sagen, dass wir früher einmal beim
gleichen Arbeitgeber zu tun hatten.
„Sagen Sie Herr Renz, wie kam denn der
Waffenhändler in Bulgarien ums Leben?
Waren Sie es oder Ihr Komplize Vladimir
aus Berlin? Sie scheinen keine
Strahlungsschäden am Körper zu
tragen."
Da war ich mir aber nicht so sicher,
seine Gesichtsfarbe war eher grau und
fahl, passte so gar nicht nach
Nordafrika.

Er lachte nur. „Der war zu gierig nachdem er von Vladimir erfahren hatte, wo sich spaltbares, atomares Material befand. Es war eher ein Unfall beim Beladen, die strahlungssichere Transportkiste war defekt und öffnete sich, er hatte keine Chance. Er hatte vollen Körperkontakt mit dem Brennstab. Da haben wir ihn lieber schwimmen lassen."

Sonja hatte immer noch den Geigerzähler in der Hand. Als der etwas angeschlagen wirkende Marko Renz von der Mauer auf uns zu lief, gab der Geigerzähler sofort Alarm.
Ich sah ihn etwas verdutzt an. „Sie sind verstrahlt Herr Renz!"
Eine Neuigkeit schien es für ihn nicht zu sein. „Leider habe ich bei der Verladung der Ware auch etwas zu viel Strahlung abbekommen, aber ich werde mir vom Erlös des Verkaufs ein wenig ärztliche Hilfe kaufen. Legen Sie den Geigerzähler hin und treten Sie fünf Schritte zurück."
Dabei fuchtelte er mit der alten Waffe in unsere Richtung umher. Das Gerät nahm er an sich, schaltete es wieder ein und scannte seinen Körper damit ab.

Anhand des Geräusches war uns sofort klar wie stark er verstrahlt war, dieser hohe Ton aus dem Gerät ließ nicht mehr daran zweifeln. Die radioaktive Dosis, die sein Körper ausgesetzt war, muss deutlich über dem Wert des Vertretbaren gewesen sein.

„Nehmen Sie das Gerät wieder auf." Forderte er Sonja auf. „Los gehen Sie, da hinter dem Felsen ist eine Höhle, da werden Sie die Strahlung messen."

Unwillig folgten wir seinen Anweisungen. Bis jetzt hatte ich keine Idee, wie wir ihn überrumpeln können.

Der abgestürzte Teil eines Felsens lag so gut, dass er den Eingang zu einer natürlichen Höhle fast verbarg. Da hinein sollten wir gehen? Na toll, dunkel, eng und nichts für mich!

Da irrte ich gewaltig, die Höhle war innen etwa so groß wie ein Eisenbahnanhänger, langgezogen und mit Kerzen erhellt. Gegenüber an der Wand lag ein moderner Koffer mit eigentümlichen Verschlüssen. Eine Ecke des Koffers war beschädigt und silberfarbenes Schutzmaterial kam an der Stelle zum Vorschein.

„Los, messen Sie." Hörte ich ihn sagen. Sonja schaltete das Gerät ein und hielt es in die Richtung des Koffers, die Lampen auf der Anzeige leuchteten dunkelrot.

Das Wort im Display >DANGER< brauchte nicht weiter gewertet zu werden.

Sonja schaute mich ängstlich an.

„Wir müssen hier raus, die Strahlendosis ist zu hoch. Schon nach fünf Minuten sind in der Nähe des Koffers nicht wieder gut zu machende Gesundheitsschäden möglich."

„Sie gehen nirgendwo hin." Hörte ich Herrn Renz sagen. „Warum sollte es nur mich treffen? Ich hatte einen Unfall mit dem Koffer, bis dahin war er dicht gewesen, aber es hat die eine Ecke erwischt, ab da trat wohl zu viel radioaktive Strahlung aus." Dabei sah ich, wie er schwer atmete, sein Körper war schon geschädigt. Viel Zeit blieb ihm wohl nicht mehr, ärztliche Hilfe ist hier draußen im Dahar Gebirge kaum zu finden, Ärzte, die sich mit Strahlungsschäden auskennen, bestimmt gar nicht.

Seine Augen schauten müde zu uns herüber.

„Setzen Sie sich auf den Boden und bleiben Sie in der Höhle." Dabei fuchtelte er wieder mit der alten Waffe herum. Was ist nun besser, von der radioaktiven Strahlung eine viel zu hohe Dosis abzubekommen oder Gefahr gehen, einen direkten Treffer aus der Waffe einzustecken?

Als ich mich auf den Boden setzte, ertastete ich den Boden hinter meinem Rücken. Einen Stein, etwa handgroß, bekam ich zu fassen. Renz stand zu weit weg. Die Gefahr, den Stein zu werfen und daneben zu treffen, war zu groß.

Der Geigerzähler piepste immer noch, Sonja sah verängstigt aus. „Ion, wir müssen hier raus, noch weitere fünf Minuten hier drin und die Strahlung greift unsere Körperzellen an. Dann ist alles zu spät."

Mir war die Lage wohl bewusst, aber es gab noch keine günstige Gelegenheit anzugreifen. Ob Renz wirklich noch in der Lage war, die Waffe zu bedienen und zu zielen wusste ich nicht, aber ich wollte nicht, dass Sonja etwas passiert. Auch ein Querschläger in der Höhle könnte uns tödlich treffen.

Ich hatte von Strahlenschäden einmal gelesen. Normalerweise können Zellen im Körper die Schädigung durch Strahlung reparieren, sterben sie jedoch ab, gibt es eine Nekrose, also absterbendes Fleisch. Damit wäre alles zu spät, ich musste handeln.

Mir lief die Zeit davon, in meinem Kopf hämmerte es, bis sich meine Muskeln zusammenzogen und ich die Hand fest um den Stein klammerte. Als der Wurf gehirntechnisch schon fast erledigt war, kam von draußen ein merkwürdiges Geräusch und unser Bewacher drehte sich zu dem Spalt im Felsen um. Der Lärm eines landenden Helikopters zerriss die Stille des Dahar Gebirges.

Ich schnellte empor und machte mehrere lange Sprünge Richtung Eingang der Höhle, in der immer noch angespannt unser Bewacher stand. Meinen rechten Arm hob ich schon im Sprung. Mit dem Stein erwischte ich ihn am Kopf, mit voller Wucht. Ein hässliches Geräusch vom gebrochenen Knochen war nur kurz zu hören, es spritze Blut und Gehirnmasse pulsierend aus der rechten Seite des Schädels von Marko Renz.

Er sackte sofort in sich zusammen, ich hatte ihm den Schädel eingeschlagen.

Sonja war schon zur Stelle, sie erwischte meinen Arm und zog mich aus dem Höhleneingang, noch stolpernd über den Toten im Eingang erreichten wir die frische Luft.

Ein Militärhelikopter der tunesischen Armee landete auf dem Vorplatz der Moschee, die Schiebetür wurde aufgerissen und Leute in gelben Strahlenschutzanzügen kamen auf uns zu. Als uns einer der Soldaten erreichte, hielt er uns einen Geigerzähler entgegen und das Gerät schlug sofort in den Gefahrenbereich aus.

Keinen Augenblick später grollten erneut Helikoptergeräusche durch das Gebirge, zwei weitere große Maschinen landeten in unmittelbarer Nähe. Ich sah Hannah aus einer Tür springen und winkte ihr zu und wollte in ihre Richtung laufen.

Dazu kam es nicht mehr, zwei weitere Männer in Strahlenanzügen packten mich und brachten mich zu Fall, Sonja erging es nicht besser. Aus dem Augenwinkel sah ich noch, wie sich Hannah erschrocken die Hand auf den Mund presste.

Sie wurde von einem weiteren Soldaten zurück in den Helikopter gedrängt. Immer mehr Militär tauchte auf und große sandfarbene Geländewagen kamen auf dem Vorplatz der alten Moschee der sieben Schläfer an.
Die Mannschaften aus den Helikoptern mussten sich zurückziehen und weitere Soldaten in Schutzanzügen kamen auf uns zu.
Es war auch die letzte Erinnerung, die mir an diese Gegend im Dahar Gebirge geblieben ist, ab da trat ich völlig weg. Die Spritze, die mir in den Arm gejagt wurde, nahm ich kaum noch wahr.

Was ich zu dieser Zeit nicht wusste, war folgendes: Aus einer Art Pistolenspritze verabreichte man uns ein Betäubungsmittel. Danach wurden sofort unsere kompletten Sachen vom Körper entfernt und mit eine Dekontaminierung in Pressluftzelten direkt vor Ort vorgenommen. Dieses Prozedere vor Ort dauerte etwa eine Stunde, dann wurden an den Armen Zugänge gelegt und unsere Körper mit Blutreiniger versorgt. Schließlich flog uns dann ein Helikopter aus.

Ich erwachte in einem hellen Raum, neben mir piepsten alle möglichen Geräte, eine Art Plastikzelt umhüllte mein Bett und mir brummte der Schädel. Bewegen war so gar nicht möglich, ich war am Bett mit Lederbändern festgeschnallt worden. Als ich rufen wollte, machte mir meine trockene Kehle einen Strich durch die Rechnung. Ein Mann erschien vor dem Plastikzelt, seine Umrisse nahm ich deutlich wahr und ich ruckelte im Bett, um mich bemerkbar zu machen.

Erst nach einiger Zeit schob sich eine Plastikbahn weg und ein Arzt in weißem Kittel stand vor mir. Eine Krankenschwester tauchte auf und nahm mir meine Lederbänder von Armen und Beinen ab, reichte mir dann etwas zu Trinken und ich setzte mich auf.

„Guten Morgen Herr Kaiser, wie geht es Ihnen? Mein Name ist Major Hoffmann, ich bin Militärarzt der Bundeswehr. Sie waren kurzzeitig hoher ionisierender Strahlung ausgesetzt, die haben wir fast wieder aus ihrem Körper bekommen."

Mein Schädel brummte immer noch. „Wo ist meine Kollegin?"

Er legte mir seine Hand auf den Arm, „Keine Sorge, ihr geht es auch gut, sie liegt im Zimmer nebenan."
Ich hatte doch so viele Fragen, aber konnte mich kaum konzentrieren.
„Wo bin ich denn hier, hat man uns nach Deutschland ausgeflogen?"
Der Arzt lächelte etwas. „Nein, man hat mich eingeflogen, ich arbeite sonst im Bundeswehrkrankenhaus in Berlin. Sie liegen in einem tunesischen Militärkrankenhaus in Tunis. Sie nach Deutschland zu bringen, hätte zu viel Zeit in Anspruch genommen. Wir haben Ihren Körper fast vollständig dekontaminiert. Es bleiben also keine Schäden zurück, da haben sie noch einmal Glück gehabt. Wären Sie noch länger der Strahlung ausgesetzt gewesen, wäre es nicht mehr so glimpflich abgegangen. Noch zwei Tage, dann dürfen Sie die Klinik wieder verlassen."
Das waren gute Nachrichten. Schon nach drei Stunden durfte ich aufstehen und das Plastikzelt wurde entfernt.
Neben meinem Bett klingelte ein Telefon, und ich hob ab. Sonja aus dem Nachbarzimmer war dran und nichts auf der Welt war schöner, als jetzt ihre

Stimme zu hören. Auch bei ihr gab es keine Komplikationen. Laut dem Arzt duften wir uns nachher noch persönlich sehen. Gott sei Dank, diesmal ging noch einmal alles gut.

Mein Telefon klingelte erneut, Hannah hatte erfahren, dass ich aufgewacht war und rief sofort an.

Ich war froh, ihre Stimme zu hören. „Na Ion, da habt Ihr uns ja einen großen Schrecken eingejagt, ich habe schon mit dem Arzt gesprochen. Gott sei Dank wird wieder alles gut.‟

Mir fielen die letzten Dinge, die uns im Dahar Gebirge passiert waren, wieder ein.

Hannah hatte mir ja noch gesagt, dass ein Team geschickt wird, was radioaktive Strahlung beseitigen kann. Dass wir dieser Strahlung selbst ausgesetzt waren, konnte keiner ahnen. Erst als neue Bilder von Überwachungsdrohnen ausgewertet wurden, hatte Avi wohl festgestellt, dass unser Flüchtiger Marko Renz kurz vor der Moschee der Sieben Schläfer einen Unfall hatte und sich sein Auto überschlug.

Da war es nicht klar, ob der Transport-behälter einen Schaden davongetragen hatte oder nicht. Sicherheitshalber schickten sie mehrere Spezialkräfte und es war gut so.

Der gestohlene Brennstab wurde vom tunesischen Militär sichergestellt und an einen unbekannten Ort gebracht.
Die Höhle wurde für alle Zeiten verschlossen. Der blinde Aufpasser der Moschee wurde festgenommen, er war Mitglied einer terroristischen Vereinigung, außerdem fand sich neben der Moschee ein Mofa, also so blind kann er nicht gewesen sein.

Hannah war wirklich froh, meine Stimme zu hören, ich spürte es, aber die Sache mit der Handgranate ging mir immer noch nicht aus dem Sinn. Diese hätte Sonja und mich beseitigt. Wer hatte etwas davon? Immer wieder versuchte ich an eine Lösung heran zu kommen, es gab aber nur eine Antwort, Hannah!
Mein Herz war nicht bereit, diese Feststellung zu akzeptieren, zu gut kannte ich Hannah. Auch wenn es sie traf, dass ich jetzt mit einer anderen Frau zusammen war, glaubte ich nicht daran, dass sie unseren Tod wollte.

Wie ich vom Arzt erfahren musste, waren meine Anziehsachen stark radio- aktiv verseucht und mussten vernichtet werden. In einer Tasche steckte ja noch der Sicherungsstift der explodierten Handgranate. Diesen wollte ich eigent- lich aufheben. Schade, nun ist ein Beweismittel vernichtet worden, was den Täter hätte überführen können.

Neue Anziehsachen lagen für mich schon bereit, nicht ganz mein Stil, aber es reicht, um nicht mit einem Krankenhaus- kleidchen herumlaufen zu müssen.
Als man Sonja zu mir ins Zimmer ließ, fielen wir uns um den Hals. Wir küssten uns stürmisch und auch ein paar Tränen flossen, so ganz der harte Typ bin ich da ja schließlich auch nicht.
Dem Tag der Entlassung aus dem Krankenhaus fieberten wir schon ent- gegen. Ich hasse Krankenhäuser und sehe sie mir lieber von außen an.
Hannah hatte uns einen Helikopter nach Tunis geschickt, der uns direkt vor dem Krankenhaus abholte und direkt ins Hotel auf die Insel Djerba brachte.
Wir genossen den Flug, vorbei an wunderschönen Landschaften mit Ge-

birgen übersät, mit üppigem Grün und der sandfarbenen Sahara dahinter. Aber auch türkisblaues Meer mit weißen Schaumkämmen und Fischerbooten, die auf See hinausfuhren, gaukelten uns fast schon ein Urlaubsflair vor.

Der Helikopter setzte neben unserem Hotel auf, Hannah stand mit ein paar anderen am Eingang und wartete auf uns.
Die Begrüßung war herzlich, sie freute sich wirklich, uns wohlbehalten wieder zu sehen.
Ich hielt Hannah noch kurz auf, als sie wieder ins Hotel gehen wollte.
„Ich muss dringend mit dir sprechen, jetzt!"
Sonja ging schon voraus ins Zimmer und ich zog Hannah unter eine Palmengruppe abseits des Hoteleingangs.
„Was ist denn los Ion, du warst schon mal so aufgeregt, worum geht es denn?"
Ich zögerte eine Weile. „An meinem Geländewagen hat jemand vor unserer Abfahrt eine Handgranate zwischen Lenkung und Vorderachse gelegt, sie sollte explodieren, nachdem wir ein-gestiegen waren."

Sie schaute mich ungläubig an.

„Das kann ich mir nicht vorstellen." Ich mir ja auch nicht, aber es ist passiert.

„Hannah, ich hatte die Handgranate zufällig entdeckt. Der Sicherungsstift war schon gezogen, der lag auf der Vorderachse und ich habe ihn wieder hineingesteckt und die Granate mitgenommen. Den Geländewagen von Vladimir habe ich damit hochgejagt, aber den Sicherungsstift behalten und mir in die Tasche gesteckt. Leider sind meine Sachen vernichtet worden, nachdem sie uns gefunden hatten."

Sie schaute mich immer noch ungläubig an, nahm dann aber ihr Handy und wählte eine Nummer. Es dauerte eine Weile bis sie sich wieder an mich wendete.

„Du hast Recht, in einer Tasche von dir war ein Sicherungsstift einer Handgranate. Sie schicken mir gleich ein Foto davon, alles wurde fotografiert, bevor es vernichtet wurde. Im Handy erklang ein Ton, ein Bild wurde sichtbar und ich erkannte den Sicherungsstift wieder.

Hannah wurde blass. „Ion, glaube mir, damit habe ich nichts zu tun! Ich würde nie etwas tun, was dir schadet."

Ich glaubte ihr, ihre Augen wurden feucht und ich nahm sie in die Arme. Wir standen eine Weile so eng umschlungen an den Palmen.

„Aber ich hatte Zweifel, Hannah. Tut mir leid. Ich dachte bloß an die Sache mit Sonja und da war mir eigentlich klar, wie sehr du mich deswegen hassen musstest. War doch typisch, ein Mann holt sich eine Jüngere ins Bett und die Ehefrau macht ab da Ernst."

Sie sah mich etwas schief von der Seite an. „Komm, wir müssen wirklich reden."

Damit zog sie mich am Ärmel ins Hotel, an der Rezeption vorbei, schnurstracks Richtung meines Zimmers. Sie klopfte kurz und Sonja machte etwas verdutzt die Tür auf, nahm dann auch Sonja am Ärmel und schubste uns Richtung Bett.

„So, jetzt reden wir!" Sonja machte schon den Mund auf, aber Hannah war schneller. „Backe halten, es muss ja mal rauskommen. Ion, du weisst ja von meiner Ehe mit Avi, wir hatten damals in Israel geheiratet. Damals waren wir beide Ausbilder für ausländische Geheimdienste oder Militärangehörige. Es war eine schöne Zeit, ich habe die Ehe mit Avi genossen.

Die Schüler und Auszubildenden der Akademie waren alles ganz blutjunge Menschen aus aller Herren Länder. Ich hatte mich nicht mit Avi auseinander-gelebt, wie ich es dir einmal gesagt habe. Ich hatte eine Affäre mit einem Auszubildenden, heiß und kurz, einfach so über beide Ohren verliebt. Aber Avi war so gekränkt, er ließ sich scheiden. Später haben wir uns darüber öfter ausgesprochen, er konnte es einfach nicht verstehen, versteht es bis heute nicht. Trotzdem sind wir gute Freunde geblieben, aber mehr halt nicht.

Ich wechselte dann zu Interpol und sah Avi lange nicht, erst bei unserem Auftrag damals in Rumänien. Du kannst dich erinnern, oder? Meine Affäre habe ich auch nicht wiedergesehen, bis vor kurzem."

Gut das wusste ich bis jetzt zwar nicht alles, aber so etwas passiert im Leben nun mal, sehe ich ja bei mir. Hannah scheint es also nachvollziehen zu können, was passiert ist.

Sie grinste mich etwas an, da verheimlicht sie mir doch noch etwas und ich sagte ihr folgendes. „Ist doch aber nicht schlimm, so etwas passiert halt, aber wieso bis vor kurzem?"

Der Blick von ihr war kaum zu deuten.

„So etwas passiert halt? Man Ion, glaub mir, es passiert mehr, als du dir vorstellen kannst. Was meinst du denn, warum ich so reagiere, wie ich es zurzeit tue? Meinst du, ich treibe dich in die Arme einer anderen Frau und es macht mir nichts aus? Du glaubst nicht, wie ich mich fühlte, als du im Arkutino Hotel mit einer anderen Frau aufgetaucht bist. Die Spuren auf ihrer Jacke waren auch noch deutlich zu sehen, meinst du vielleicht es fällt mir nicht auf?"

Also hatte sie es damals doch bemerkt, Mist!

„Viel schlimmer aber war für mich, nachdem ich sah, mit wem du im Treppenflur standest. Sonja! Es war wirklich Sonja, sie war damals zur Ausbildung in Israel und wir haben uns ineinander verliebt. Wie sollte ich dir denn so etwas sagen, deine Ehefrau hatte mal was mit einer anderen Frau!"

Sonja nahm die Hand von Hannah. Ich wusste nicht, was hier gerade passierte, aber nahm mir vor, es doch verstehen zu wollen.

„Ion, ich weiß was für ein zauberhafter Mensch Sonja ist. Wir hatten eine wirklich tolle Zeit damals in Israel. Ich weiß auch, wie sinnlos es ist, sich dagegen zu wehren, wenn man sich in so ein Geschöpf verliebt hat.

Ich hatte Angst, es dir zu sagen. Sei mir nicht böse, ich bin es dir ja auch nicht. Sonja und ich haben schon darüber gesprochen, wie es weiter geht. Bis jetzt haben wir keine Lösung gefunden.

Als Sonja damals nach Bulgarien zurück beordert wurde, brach in mir eine Welt zusammen und erst durch dich, Ion, habe ich wieder lieben gelernt. Da gibt es Milliarden Menschen auf der Welt und du verliebst dich ausgerechnet in meine Sonja, die ich auch immer noch lieb habe. Da will uns einer im Himmel wohl richtig eins auswischen!"

Meine Antwort dauerte nicht lange: „Meine Oma, ihr hätte solch eine Konstellation gefallen." Erwiderte ich.

Mein Gott, da saßen wir nun auf dem Bett, Sonja und Hannah hielten Händchen und ich war völlig durch den Wind. Ich nahm beide Frauen in die Arme und hielt sie sehr lange so fest.

Mein Rücken wurde zwar von Tränen zweier Frauen nass, aber ich ließ es zu und heulte mit.

Als wir uns wieder etwas gefangen hatten, kam mir eine Idee.

„Kannte Avi eigentlich Sonja?" Die Frage zielte auf etwas Bestimmtes. „Ja, er hatte uns ja damals zusammen erwischt. Als er merkte, er hatte gegen eine Frau keine Chance, bat er um die Scheidung. Wäre es ein Mann gewesen, hätte er bestimmt noch versucht, um mich zu kämpfen, aber so war es für ihn in seinen Augen unmöglich. Er war es auch, der es durchsetzte, dass Sonja von der Akademie flog und nach Bulgarien zurückkehren musste. Er hatte gute Kontakte ins Außenministerium von Israel und hatte ihr das Visum entziehen lassen."

Damit wurde mir bewusst, wer vom Tod Sonjas und mir profitiert hätte, Avi!

Hannah sah es auch so und nachdem sich die Frauen im Bad etwas die Nase gepudert hatten, suchten wir Avi im Hotel. Dieser war aber nirgends zu finden. An der Rezeption hatte ein Mitarbeiter bemerkt, wie er vor etwa einer Stunde mit einem Fahrzeug den

Hotelbereich verlassen hatte. Hannah schlug Alarm, verständigte die israelische Seite und die Behörden hier bei uns vor Ort.

Ging es bei Avi nur um Eifersucht oder hatte er vielleicht in diesem Fall schon gegen uns gearbeitet?

Hannahs Handy stand nicht mehr still. Der israelische Geheimdienst Mossad hatte Avi jetzt zur Fahndung ausgeschrieben. Seine Internetverbindungen seines Computers waren überprüft worden und eine direkte Verbindung zu ehemaligen Geheimdienstlern der Bulgaren tauchte auf. Der Maulwurf saß also direkt in unserem Team, nicht zu fassen!

Sein Groll gegen Sonja und Hannah kann natürlich ausschlaggebend gewesen sein, aber Informationen eines Falles an die Gegenseite zu geben, ist unentschuldbar.

Laut den Israelis war das Auto von Avi in Richtung der Grenze zu Libyen von einer Überwachungsdrohne gesichtet worden. Wenn er es bis Libyen schafft, hat keiner mehr eine Möglichkeit, an ihn heran zu kommen. Es gibt weder Auslieferungsabkommen noch diplomatische Beziehungen zueinander. Ein ehemaliger Agent des Mossad würde dort immer Arbeit finden, gut geschulte Mitarbeiter für so ein Handwerk zu finden, ist schwer. Oder vielleicht stand er ja schon auf einer Gehaltsliste eines Kriegsfürsten in Libyen.

Der Hubschrauber stand noch neben dem Hotel. Der Pilot bekam die Anweisung, uns in Richtung der Grenze hinter die Stadt Ben Gardane zu bringen. Tunesische Sicherheitsorgane hatten die Anweisung, den Wagen zu stoppen, falls er an der Grenze auftaucht. Hannah versuchte während des Fluges mit den Grenzbehörden Kontakt zu halten, bis jetzt war er dort aber nicht aufgetaucht. Ich versuchte über meinen ehemaligen Kollegen Michael heraus zu finden, wo er die Grenze notfalls noch überqueren könnte. Laut Michael war es nur weit im Süden von Tunesien möglich, über eine sogenannte grüne Grenze ins Nachbarland zu gelangen. Also falls er schnellstmöglich aus Tunesien verschwinden muss, bleibt nur der Grenzübergang in Ben Gardane. Entweder er versucht es über die Wüste, wo es keine Kontrollen gibt, oder ganz nach Manier des Mossad, er wechselt die Identität. Wo sollten wir ihn suchen?

Die tunesischen Behörden hatten die Grenze nach Libyen schon fast dicht gemacht, jedes einzelne Fahrzeug wurde kontrolliert, als unser Helikopter dicht am Abfertigungshäuschen in einer großen Staubwolke landete.

Von der reinen Fahrzeit wäre er jetzt schon in der Abfertigung gewesen, aber nur alte, mit Waren beladene Pickup-Geländewagen oder Kleinbusse standen in der langen Schlange und warteten.

Hannah stand mit einem Grenzoffizier an der Abfertigung und erkundigte sich, wie die Sachlage sei. Auto um Auto zog an ihr vorbei. Ein alter, rostiger Renault aus den siebziger Jahren stand am Check-point, der Fahrer gab den Grenzern seine Papiere und erhielt sie nach kurzer Überprüfung zurück.

Da schrie Hannah laut auf: „Aufhalten den Wagen, awqaf alsayara!" Damit zog sie ihre Waffe, der Wagen machte einen Satz nach vorn und fuhr mit schlingerndem Fahrstil ins Niemandsland zwischen Tunesien und Libyen ein.

Schnell und laut krachten Schüsse, Hannah hatte eine Salve auf den flüchtenden Renault abgegeben, als vom Dach des Abfertigungshäuschens ein Maschinengewehr im dumpfen Stakkato seine tödliche Macht ausspuckte. Der Renault wurde hin und her geworfen und eierte dann mit zerschossenen Reifen, Scheiben und qualmenden Motor an die Seite. Ein hoher Bordstein stoppte den ramponierten Restschrott abrupt. Von libyscher Seite wie auch von uns aus machten sich Soldaten in geduckter Haltung mit der Waffe im Anschlag auf den Weg zum Renault. Wir rannten hinterher, Hannah fiel links neben dem Wagen auf die Knie und fing bitterlich zu weinen an. Ich zog sie zu mir hoch, nahm sie in die Arme und trug sie wieder zurück auf die tunesische Seite. Sonja nahm sich ihrer Dienstwaffe an, die auf dem staubigen Boden lag und blieb noch kurz am Ort stehen.

Ich setzte Hannah in den Schatten des Abfertigungshäuschens, Soldaten brachten Wasser und Hannah wurde wieder ruhiger. „Ich kann es nicht fassen, was Avi getan hat, ich bin schuld! Er starb wegen mir!"

Da konnte ich sie beruhigen, ihre Schuld war es definitiv nicht. Wenn sich jemand wie Avi so entscheidet, dann weiß er um die Gefahr, in die er sich begibt.

Aber tröstlich war es sicherlich nicht für sie.

Auch Sonja kam zurück, gab Hannah ihre Dienstwaffe zurück und setzte sich neben sie, nahm sie in den Arm und küsste sie zärtlich auf die Wange.

„Du hast ihn übrigens nicht getroffen, er hat vom Maschinengewehr zwei Kugeln abbekommen, tut mir sehr leid Hannah. Ein Grenzer brachte seinen Pass zu uns. Er war aus Tunesien, kunstvoll gefälscht und hatte ihn zu einem Araber werden lassen.

„Er hatte sich doch ein Berbertuch im Wagen um den Kopf gewunden, woran hast du ihn denn erkannt?", war meine Frage.

Hannah sah mit nass geweintem Gesicht zu uns herüber. „Seine linke Hand habe ich erkannt als er den Pass zurück bekam. Am Handgelenk trug er noch immer ein altes dünnes Lederarmband, was ich ihm vor kurzem in Jerusalem geschenkt hatte. Ich fühle mich so mies! Er hatte immer noch Gefühle für mich. Ich auch für ihn, bei dem letzten gemeinsamen Einsatz in Israel hatten wir noch mal was miteinander."

Sonja nahm Hannah links und ich rechts und wir zogen sie hoch. „Komm, wir verschwinden hier! Ab nach Hause!"
Die Information von Hannah erklärte ihr Handeln in letzter Zeit, irgendwie war mir die Sache schon vorher klar. Ich wollte mir unsere Ehe einfach schönreden, die Situation in unserem Job ist einfach ein Ehekiller. Zu lange ist man alleine, zu sehr frist einem der Job auf.

Dem Piloten gab ich mit der rechten Hand in Form einer Kreisbewegung zu verstehen, es ist Zeit für den Abflug. Er ließ langsam den Rotor an und wir begaben uns an Bord. Als wir langsam abhoben und noch einmal auf die Szene von oben blickten, wurde mir bewusst, der Fall war abgeschlossen. Noch ist Zeit, sich ein wenig die Wunden zu lecken und dann mit neuem Elan in den nächsten Fall zu starten.
Im Hotel nahmen wir uns die Freiheit, heute einmal über die Stränge zu schlagen. Der Alkohol floss reichlich und Hannah erholte sich etwas.

Es war schön, meinen Frauen zu-
zusehen, ein wenig war ich stolz auf die
Beiden. Aber wie es weitergehen sollte,
muss sich erst noch zeigen.

Am Abend brachte ich zwei ange-
trunkene Frauen ins Bett, mit denen war
nichts mehr anzufangen. Also machte ich
es mir auf der Gästecouch bequem und
schlief auch bald ein.
Als ich am nächsten Morgen erwachte,
hatten die Frauen schon geduscht und
waren fertig für das Frühstück, als Sonja
fragte. „Kommt ihr noch mit nach
Bulgarien? Noch ist der Fall nicht ganz
abgeschlossen, es ist immer noch offen,
mit wem Avi dort zusammengearbeitet
hat. Da muss es Hintermänner geben,
außerdem müssen wir noch für den
Abtransport der verbliebenen Brennstäbe aus dem Stollensystem in Arkutino
sorgen. Ist zu weit hergeholt oder merkt
man, dass ich euch noch ein bisschen
um mich haben möchte?"
Dabei kam ihr so süßes Grinsen zurück.
Hannah lachte und drückte sie etwas
und sah mich an.
„Wir kommen mit, ich kann es unserer
Dienststelle schon erklären."

Wir packten unsere Sachen, Flüge wurden gebucht und der Flug nach Bulgarien erfolgte umständlich über Tunis, Paris, Zürich und Sofia nach Burgas an der Schwarzmeerküste. Nach dem anstrengenden Tag und den Flügen waren wir platt. Im Hotel Arkutino angekommen, stellte sich eine etwas merkwürdige Frage. Wie sollte die Zimmerverteilung eigentlich stattfinden? Sonja entschied sich für eine gemeinsame Ferienwohnung im Hotel und so zogen wir zu Dritt dort ein.

Das Handy von Sonja stand ab da nicht mehr still. Sie hatte von ihrem Vater, dem General, erfahren, dass die Stollen versiegelt worden waren, nachdem auch der letzte Brennstab aus der Tiefe geholt wurde und sie an einem sicheren Platz endgelagert wurden.

Sonja war merkwürdig ruhig geworden und ich fragte, was los ist. „Ich weiß es nicht, etwas stimmt nicht mit der ganzen Geschichte. Mein Vater war so übertrieben freundlich, passt nicht zu ihm, überhaupt nicht!"

Hannah hatte es sich im Bett an ihrem Computer bequem gemacht. Die Israelis schickten ihr Auswertungen, Mail-Adressen und Internetverbindungen von Avi. Sie schien aber nicht weiter zu kommen. „Sonja Schätzchen, kannst du hier in Bulgarien mal bitte die Mail-Adressen und die Internetverbindungen überprüfen?"

Mit einem Satz war sie geschmeidig wie eine Katze ins Bett neben Hannah gesprungen. Der Anblick sah dermaßen verlockend aus, aber ich zügelte meine Begierde und schaute mir die Frauen an.

Sonja wurde blass. „Sonja, was ist los mit dir, geht es dir nicht gut?"

Sie schaute auf den Bildschirm. „Bist du sicher Hannah, dass alles, was dort steht, zutrifft?" Hannah nickte nur kurz. „Ja, kommt gerade vom Mossad aus Tel Aviv rein. Das sind die Verbindungen mit denen Avi zu tun hatte, sagt dir davon ein Datensatz etwas?"

Sonja zeigte auf eine Zeile. „Das ist von meinem Onkel Fidan, der aus dem Rilagebirge, wo ich mit Ion war. Daneben ist etwas von meinem Vater, sogar aus seiner Behörde. Beides aus der letzten Woche."

Das waren keine guten Nachrichten und ich sah mir die Datensätze einmal an.

Hier und da war einiges noch codiert, Adressen und Daten stimmten nicht überein, aber der Mossad konnte bestimmt helfen, sie haben eine gute Decodierabteilung in Tel Aviv. Also schickte Hannah mit der Maßgabe, alles noch einmal zu decodieren, nach Israel und bekam schon eine Stunde später Antwort. Diese zu verstehen, war nicht so einfach. In einem decodierten Satz hieß es. „BUSLUDSCHA – Treffpunkt, zwölf, sechs, zehn, Alle!"

Sonja grinste mal wieder. „Das ist bulgarische, alte Geheimdienstsprache, Busludscha ist ein Denkmal in Form eines gelandeten Ufos in den Bergen des Schipkagebirges. Weit weg in der Mitte Bulgariens. Zwölfter Sechster, also Zwölfter Juni, Zehn ist die Uhrzeit und alles deutet auf eine Rundmail an alle Mitglieder von was weiß ich hin.

Soweit wie ich weiß, ist das ein riesiger alter Gebäudekomplex, völlig verfallen und seit Jahren geschlossen. Früher fanden da geheime Parteitreffen statt und gefallene Kommunisten wurden dort verehrt. War alles völlig irre und aus einer anderen Zeit."

Der zwölfte Juni war in zwei Tagen, wir sollten uns das dort einmal ansehen. Sonja telefonierte etwas herum.

„Habe ich doch recht gehabt, da ist alles geschlossen und verfallen. Vor drei Jahren haben sie wegen Vandalismus und Einsturzgefahr alles dort dicht gemacht. Man kommt wohl nicht mehr ran."

Hannah zeigte ein Bild eines Spionage-satelliten, zu viel Bewegung in der Nähe des Denkmals war erkennbar. Von oben waren deutlich Baumaßnahmen erkenn-bar. Auch der Weg dorthin schien öfter benutzt zu werden. Deutlich waren Fahrspuren sichtbar, die durch Wälder und Passstraßen im Gebirge verliefen.

Wir hatten bis morgen noch Zeit, werden dann einen Tag früher dort mit dem Wagen von Sonja auftauchen. Uns dann eine kleine Pension in der Nähe suchen und pünktlich um zehn Uhr sehen, wer da zum Kommen in diese abgelegene Gegend aufruft.

Heute wollten die Mädels aber im Schwarzen Meer baden gehen, den Wunsch konnte ich ihnen schließlich nicht abschlagen. Der Strand war gut gefüllt, jedenfalls an der Stelle, wo sich Schirme und Bars befanden. Im hinteren Teil, wo die Leiche des Waffenhändlers angespült wurde, war es fast schon ausgestorben leer. Hier fanden unsere Badelaken ihre Ruhe im Sand, die Mädels zogen sich aus und ich hantierte noch umständlich mit meiner Badehose, mir fiel meine Blödheit aber gleich ein. Wie Gott sie schuf sprangen sie schon in die Wellen, die sich am gelbfarbenen Sandstrand brachen. Also durfte auch meine Badehose pausieren und ich sprang hinterher. Wie kleine Kinder tollten wir im Wasser, könnte ich doch diese Zeit jetzt anhalten und ewig genießen. Nach langer Zeit fühlte ich mich irgendwie angekommen.

Haben sie schon mal zwei nackte Frauen beobachtet, die sich am Stand im seichten Wasser rekeln und sich dann auch noch küssen? Oh man, ich bleibe lieber im tiefen Wasser!

So ein Ausflug an den Strand macht mich hungrig und müde. Nach dem Abendessen planten wir noch die Route für morgen und ich plante eine ruhige Nacht.

Dazu kam es nicht, mein Handy klingelte. Meine alte Dienststelle in Berlin war dran. Sie hatte eine Warnung einer alten Frau aus dem Stadtteil Zehlendorf erhalten. Sie sprach von einer großen Gefahr, die von einem Ort mitten im Balkan-Gebirge ausgeht. Ich konnte natürlich mit der Information etwas anfangen.

Ich ging zu Bett, fand aber keine richtige Ruhe, Bilder schossen mir durch den Kopf, von Wüste, KGB und anderen mysteriösen Sachen.

Als ich am nächsten Tag erwachte, war mein Kopf schwer und die Beine müde. Ich weckte die Mädels, zusammen sah jede so aus wie eine schlafende Göttin. Mein Kopf musste erst einmal verstehen, was passiert war. Wie sollte es bloß mit uns weitergehen. So wie jetzt jedenfalls nicht mehr all zu lange.

Nach dem Frühstück machten wir uns auf den Weg, die Autobahn „A Eins" immer geradeaus Richtung Sofia und bei Stara Sagora seitwärts nördlich in die Berge. Die Sonne meinte es gut an diesem Tag.

Ein kleines Dorf in der Nähe des Denkmals lud ein, hier zu verweilen. Nur eine Pension gab es hier und so war unser Aufenthalt schnell geregelt. Leider mussten wir etwas mehr bezahlen, die Unterbringung von drei Erwachsenen in einem Zimmer war wohl hier etwas ungewöhnlich. Zu Fuß war man von hier aus etwa vier Stunden zum Denkmal unterwegs. Mir war es zu weit, also beschlossen wir, morgen noch etwas näher mit dem Auto heran zu fahren.

Als Sonja ihre Tasche auspackte, kam der Orden zum Vorschein, den sie von der alten Frau in Berlin bekommen hatte. „Den nehme ich morgen mit, schließlich ist das dort ja ein kommunistisches Denkmal, da trägt man so etwas."

Eine verrückte Nudel war sie schon, aber immer so schön spontan, dabei immer lieb und nie verletzend. Ein wenig kam ich mir wie in einer kleinen Familie vor, wenn einer was nicht hatte, dann schaute er einfach in den Koffer des anderen. Die Damen tauschten alles Mögliche, vom Deo bis zur Wäsche. Gut, ich mische mich da nicht ein, aber diese Art der Vertrautheit macht Spaß und gibt mir ein wohliges Gefühl der Geborgenheit.

Abendessen wurde im Gebirge deftig und viel serviert, unsere Gastgeberin tischte ordentlich auf und fragte, was wir hier eigentlich machen. Sonja erzählte, sie wolle der Verwandtschaft aus Deutschland mal das große Denkmal in den Bergen zeigen. Die Frau fand diese Idee nicht so gut, die Gegend um das Denkmal wird neuerdings bewacht, wir sollten vorsichtig sein. Keiner weiß, was da in der letzten Zeit geschehe. In der Nähe wurde auch ein Hotel eröffnet mit dem Namen Edelvais, aber dort scheint niemand zu wohnen. Nur ab und zu waren große Limousinen auf der Straße dorthin gesehen worden.
Also waren meine Vermutungen richtig, etwas ging dort vor und es hatte wohl mit unserem eigentlich abgeschlossenen Fall zu tun.

Um Fünf Uhr weckte uns ein Handy-wecker, früh wollten wir in die Berge aufbrechen und beobachten, was dort so geschieht.

Mit dem Mercedes von Sonja kamen wir sogar noch etwas weiter als vorher angenommen. Geländetauglich war er ja schon und so ließen wir ihn unterhalb des Berges in einem Wäldchen zurück. Schon von weitem war das kolossale Bauwerk zu sehen. Untertassengleich hockte es auf einem Gipfel, daneben ein hoher schornsteinartiger Bau mit einem roten Stern an der flachen Flanke. Wie eine moderne Trutzburg machte es auf den Betrachter den Eindruck von Überheblichkeit und Dekadenz vergangener, kommunistischer Zeiten. Absperrungen oder Zäune waren nirgends zu sehen, nicht einmal Bewegung war erkennbar.

Der Aufstieg abseits der Pfade und Wege wurde für uns doch anstrengender als gedacht, aber der Gipfel aus Beton gewordenen kommunistischen roten Träumen kam schnell zum Greifen nah.

Kurz bevor wir den Eingang zum großen Komplex erreichten, waren Geräusche zu hören, leider in der Nähe und hinter uns. Vier Männer in Uniform tauchten aus dem Nichts auf, ihre gezogenen Waffen sprachen eine deutliche Sprache und so kamen wir ihrem Wunsch nach Begleitung ins Innere des Komplexes gerne nach. Ich flüsterte Sonja nur zu. „Was sind das für Uniformen?"

Sie schaute noch einmal kurz zu den Männern herüber. „Keine Ahnung, habe ich noch nie gesehen." Als die Männer uns erreicht hatten, begannen sie, uns systematisch zu durchsuchen.

Nur bei Hannah wurden sie fündig, ihre Dienstwaffe kam zum Vorschein und wurde ihr abgenommen. Papiere und sonstige Dinge schienen sie nicht zu interessieren. Etwas rau wurden wir neben dem Eingang des Komplexes in eine kleine, fensterlose Halle mit greller Beleuchtung geführt und die Tür hinter uns geschlossen. Lief ja mal wieder gut!

Hannah hatte keine Sorgen, sie hatte vorher unsere Position an Interpol weitergegeben. Sollten wir uns nicht innerhalb einer gewissen Zeit melden, ist Hilfe auf dem Weg.

Der Blick zur Armbanduhr verriet mir, es war gleich 10.00 Uhr. Man wollte uns wohl nicht bei dem Treffen dabei haben. Es sollte noch eine Weile dauern, bis die Tür geöffnet wurde und die Männer wieder erschienen. Sonja sprach mit ihnen und übersetzte uns dann ihre recht karge Konversation.

Angeblich wären wir unberechtigt auf Privatbesitz eingedrungen. Sonja hatte wohl denen erklärt, es wäre eine nationale Gedenkstätte und für jedermann zugänglich, aber es schien keine Wirkung beim Sicherheitsdienst zu hinterlassen.

Laut Google und meiner Recherche war der gesamte Komplex vom Verfall bedroht, Plünderung und die Witterungseinflüsse hatten dem Bauwerk stark zugesetzt.

Davon war allerdings wenig zu sehen. Der Raum, in dem wir uns befanden, war frisch renoviert, die Elektrik auf den neuesten Stand gebracht und eine moderne Feuerlöschanlage an der Decke verbaut.

Es gab keinen Zweifel, da wurde viel Geld in die Hand genommen, um sich hoch auf dem Berg ein schönes Refugium zu schaffen.

An der Tür zu dem uns zwangsweise zugeteilten Warteraum gab es Bewegung. Wieder erschienen Sicherheitsleute und brachten uns über einen langen unterirdischen Flur in das wie ein

Ufo aussehende Hauptgebäude. Der umlaufende Hauptgang hatte ovale fensterlose Öffnungen nach außen. Der Blick dort hinaus über den Balkan war gigantisch. Wir liefen immer wieder an schweren hölzernen Türen vorbei, die das Innere der Rotunde verschlossen hielten.

An einer Tür stoppte uns ein Uniformierter und sprach in sein Funkgerät. Auf Bildern hatte ich mir die Konstruktion schon angesehen, ein riesiger runder Saal, komplett aus Spannbeton bestehend. An der Decke eine monströse Darstellung mit dem Symbol von Hammer und Sichel, umgeben von einem umlaufenden Band aus kyrillischen Worten, die den Kommunismus priesen.

Was uns dort aber erwartete, überstieg meine Vorstellung von einem verrotteten Gebäudekomplex aus alten Zeiten des Kalten Krieges.

Als sich die Tür von innen öffnete, präsentierte sich ein völlig neu restaurierter Raum, kreisrund mit hunderten Sitzgelegenheiten, die sich um ein Podium aus dunklem Holz gruppierten. Dahinter die Fahnen aus alter Zeit, rot mit Hammer und Sichel, dann die Bulgarische Fahne und die Gesichter von Karl Marx, Lenin und Georgi Dimitrov überlebensgroß aus Mosaiksteinen gefertigt.

Die schiere Größe der Halle machte es dem Betrachter schwer, nicht gefesselt zu sein und ein Gefühl der Unbedeutung der eigenen Person stellte sich ein.

Auf dem Podium saßen Männer in Uniform, in den ersten Reihen davor Männer und Frauen in Zivil. Als wir durch die Sicherheitsleute in den Raum gebracht wurden, endete eine Diskussion abrupt und es drehten sich sämtliche Menschen in den runden Sitzreihen zu uns um.

Die Klimatisierung des Raumes war deutlich zu spüren und machte die Stimmung im großen kuppelartigen Gebilde noch unwirklicher.

Auf dem Podium erblickte ich mehrere bekannte Gesichter, den Vater und den Onkel von Sonja, beide in Uniform. Es schien so eine Art Leitung oder Komitee auf dem Podium zu sein. Insgesamt neun Männer saßen an einem langen Tisch, vor ihnen Mikrofone und Bildschirme und gaben der Versammlung einen eigenartigen Touch von Moskauer Zeiten vor dem Jahr 1989.

Wir waren nur wenige Schritte in die Richtung des Podiums gelaufen, da fing Sonja schon an, wie wild auf Bulgarisch zu schimpfen. Obwohl ich kein Wort verstand, war mir der Zorn in ihrer Stimme aufgefallen. Mit wilden Gesten ging sie an den sitzenden Gästen unten im Raum vorbei auf das Podium zu und wurde dort von Sicherheitsmitarbeitern aufgehalten. Es dauerte etwas, bis sich auch der Vater von Sonja recht laut daran machte, seine Tochter zu maßregeln. Erst ein Mitarbeiter der Sicherheit konnte die aufgebrachte Sonja auf einen Stuhl dirigieren und zur Ruhe zwingen.

Ich nahm indes mit Hannah neben ihr Platz.

Sonja zog einen Schmollmund wie ein kleines, verstocktes Kind und ver-schränkte die Arme vor der Brust. Ich legte ihr die Hand auf ihr Knie, um sie etwas zu beruhigen. Doch da platzte sie erneut, diesmal auf Deutsch. „Verräter, allesamt, ihr mieses Pack! Habt ihr keine Ehre im Leib? Es geht um unser Vaterland, ihr Schweine."

Ich sah Sonja wohl etwas verwirrt an. Der Schmollmund war wieder da und der stand ihr gar nicht schlecht, es machte sie glatt noch verführerischer und so schön feurig wild.

Was der Zirkus hier zu bedeuten hatte, war mir noch nicht ganz bewusst, zu wenig wusste ich über Bulgarien und die Geschichte des Landes. Aber die Anwesenheit eines Generals der bulgarischen Armee in einem so kommunistisch angehauchten Raum schien nicht zu passen.

General Rutow stand auf und sprach auf Deutsch mit uns. „Willkommen auf dem Berg Chadschi Dimitar, ich kann Ihr Erstaunen gut verstehen."

Da rief Sonja wieder dazwischen. „Ah, du verstehst mal was. Als wenn ich es gewusst habe. Ihr seht lächerlich aus in euren alten Uniformen von damals, was soll das nun werden? Ein Umsturz in vergangene Zeiten? Zurück zu Marx und Engels? Lenin wird wieder überall aufgestellt?"

Der General unterbrach sie. „Sonja höre bitte zu, ich sage es nur einmal. Ihr befindet euch vor dem NEUEN KOMMUNISTISCHEN KOMITEE FÜR

BULGARIEN! Glaube nicht, dass dieser angeblich demokratische Parlamentsmist in Sofia hier etwas zu sagen hat, nein! Wir haben die Macht, wirtschaftlich wie politisch. Wir sind die Schattenregierung, wir leiten das Wohl des Volkes! Ich verlange nicht, dass du es verstehst, aber ich verlange deine Akzeptanz. Es gibt nur, für uns oder gegen uns zu sein! Entscheide dich!"

Das tat Sonja wohl auch. „Spinner! Mutter würde sich im Grabe umdrehen, wenn sie davon wüsste."

Der Onkel von Sonja wandte sich an mich. „Ion, ich sehe es geht Ihnen gut, leider haben Sie aber etwas zu viel herumgeschnüffelt. Das Komitee hat einstimmig beschlossen, Sie nicht wieder gehen zu lassen. Sonja muss sich entscheiden, auf welcher Seite sie steht, anders geht es nicht."

Aber Sonja wackelte mit dem Knie und ließ ihrem Ärger freien Lauf. „Ich spuck euch lieber ins Gesicht, glaubt ihr denn den Mist, den ihr von euch gebt, wirklich? Mir wird so langsam alles klar. Ihr steckt voll mit drin in der Sache mit dem Schmuggel des Brennstabes nach

Nordafrika. Wurde die Kriegskasse knapp oder die Renovierung des hässlichen Mausoleums hier, in dem ihr die letzte Ruhe finden wollt, hat zu viel gekostet? Schämt euch, so viele Menschen haben sich nach der Wende gefreut, euch Kommunisten-Spinner los zu sein und nun geht es von vorne los."
Der General stand auf. „Also bleibst du nicht bei mir?"
Sonja schüttelte den Kopf. „Macht doch, was ihr wollt. Die Geschichte wird euch bestrafen, da bin ich mir sicher."

Der General machte sich auf den Weg vom Podium auf die einfachen Sitze zu.
„Meinst du denn Sonja, in anderen Ländern des ehemaligen Ostblocks ist es anders? Wir sind stark, überall sind wir stark und werden dem Imperialismus den Kampf ansagen."
Sonja verdrehte die Augen. „Spinner, ich sag's ja."
Dafür kassierte sie eine Ohrfeige ihres Vaters, der gerade bei uns angekommen war. Sie taumelte etwas auf dem Stuhl und von ihrer Jacke fiel ein metallischer Gegenstand auf die Erde.

Der General hob den Gegenstand auf und betrachtete ihn sehr lange.

„Wo ist der Orden her? Sag schon? Wo hast du ihn her?"

Er wurde zusehends blasser, nahm den Orden mit und zeigte ihn den Uniformierten auf dem Podium. Ungläubiges Staunen breitete sich aus, aber auch Ehrfurcht und Entsetzen.

Von oben schrie nun auch Sonjas Onkel nach unten zu uns. „Wo ist der Orden her Sonja?"

Sie schien die Gunst der Stunde zu verstehen, der Spielball war wieder bei uns.

„Er ist mir von prominenter Seite verliehen worden, ganz offiziell, da habe ich einen Zeugen."

Es herrschte eine etwas angespannte Stimmung im Raum.

Der General wurde unruhig, Sonja schien dies zu gefallen und er wurde lauter in seinen Ausführungen.

„Dieser Orden wurde nur achtundfünfzig Mal verliehen, deiner trägt die Nummer neunundfünfzig. Diese Nummer wurde schon Anfang der achtziger Jahre vergeben, aber nicht offiziell, sondern an einen besonderen Menschen."

Ein süffisantes Lächeln breitete sich auf dem Gesicht von Sonja aus, sie genoss es hier gerade, die Fäden in der Hand zu halten.

„Ich weiß, wer den Orden bekam und ich weiß, warum ich ihn jetzt habe und glaube mir, diese Person wird nicht erfreut sein, wenn ich nicht wieder komme. Sie wird dann eurem kleinen, miesen Spielchen ein Ende setzen."

Der Satz hatte seine Wirkung nicht verfehlt, ein Getuschel ging durch den Raum, der General schrie etwas auf Bulgarisch und sämtliche anderen Gäste auf den Sitzreihen verließen eiligst den Raum. Die Tür wurde von außen hinter ihnen geschlossen und wir waren mit den Podiumsmitgliedern und der Security alleine im Raum.

Auf diesen Augenblick hatte ich gewartet und legte mir meine Worte zurecht. „Sie können gerne das Grab dieser Person öffnen lassen, aber glauben sie mir, darin wird sich keine DNA befinden, welche eine Verwandtschaft zu Ihrem ehemaligen Machthaber aufweist."

Ein Funkspruch erreichte einen Sicherheitsmann, er ging auf das Podium und flüsterte dem General etwas ins Ohr.

Dann sah uns der General lange an, schaute in die Runde auf dem Podium und sagte. „Es sind Helikopter im Anflug, sind die von Ihnen?"

Das war das Stichwort von Hannah. „Ja, die gehören zu uns, eine Eingreiftruppe von Interpol. Sie glauben doch wohl nicht, dass wir schutzlos hierherkommen. Die werden notfalls Ihre ganze Anlage in Schutt und Asche legen, da gebe ich Ihnen mein Wort drauf."

Eine Pattsituation, aber weder wir noch sie waren an Auseinandersetzungen mit Waffengewalt interessiert.

Ich hörte den General noch sagen: „Gut gehen Sie, verschwinden Sie aus Bulgarien und lassen Sie sich hier nicht mehr blicken. Sonja, was ist mit dir?"

Da war das trotzige Kind wieder. „Was soll mit mir sein, ich verschwinde auch aus Bulgarien. Meinst du, ich arbeite für eine Behörde, die von euch unterwandert ist, wohl kaum! Es ist mir peinlich, deine Tochter zu sein."

Damit ging sie auf das Podium und streckte die Hand aus, ihr Vater wollte ihre Hand nehmen, aber sie meinte nur ganz trocken: „Den Orden will ich zurück, was dachtest du denn? Der ist mir schließlich von einem Menschen verliehen worden, der es auch nicht mehr mit den ganzen Ost-Geheimdiensten ausgehalten hat."

Sie schnappte sich den Orden, dabei machte sie auf dem Absatz kehrt und verließ das Podium.

Der General stand auf. „Sonja, überlege es dir noch einmal. Sonst ist es hier jetzt das Ende zwischen uns!"

Ohne sich umzudrehen kam Sonja auf uns zu und ich nahm sie an die Hand, Hannah küsste sie zärtlich auf die Wange. „Sonja hat eine Familie, etwas anders, aber eine Familie!", meinte Hannah.

Ohne ein Wort oder letzten Blick verließen wir den runden Raum. Von außen waren schon schwere Hubschraubergeräusche zu hören, die kurz vor dem Komplex angekommen waren. Fliegende Festungen in Tarnfarben mit reichlich martialisch aussehenden Waffen an den

Seiten, setzten vor dem Komplex auf und staubten den Bergrücken einmal komplett ein. Soldaten sprangen aus den Hubschraubern und kamen geduckt mit Waffen im Anschlag auf uns zu.

Ein Soldat begrüßte uns. „Guten Tag, mein Name ist Leutnant Martin, ich soll auf Sie aufpassen, alles in Ordnung?"

Hannah regelte den Rest. „Ja, alles gut, danke. Können Sie uns ins Tal mitnehmen, da steht unser Auto."

Der Flug dauerte nicht einmal drei Minuten, als wir am Mercedes von Sonja abgesetzt wurden.

Sonja war still, so verletzlich wie jetzt, hatte ich sie noch nie gesehen.

„Hannah, meintest du es vorhin wirklich so?"

Hannah sah Sonja an. „Natürlich Kleines! Ich habe dich ganz doll lieb und Ion auch, etwas anders natürlich wie normal, aber wenn du möchtest, kannst du mit nach Berlin kommen. Die Wohnung hast du ja schon kennengelernt, groß genug ist sie, da kannst du glatt mit einziehen. Bei Interpol kann ich dir einen Job besorgen, so gut ausgebildete Leute wie dich brauchen die da immer."

Sonja umarmte Hannah und danach mich. Ich wurde gar nicht gefragt, ob ich etwas dagegen hätte, aber die Antwort kannten sie schon. Zeit, sich auf den Rückweg zu machen!

Im Hotel in Arkutino an der Schwarzmeerküste sammelten wir unsere restlichen Sachen ein.
Sonja freute sich schon auf Berlin, machte uns aber klar, die Rücktour nach Berlin erfolgt mit dem Auto. Den Mercedes gibt sie nicht zurück, außerdem müssen wir noch kurz in Sofia halten und die Sachen von Sonja aus ihrer Wohnung holen. Hoffentlich ist im Mercedes genug Platz, in mir regten sich da Zweifel.

Auf der Fahrt nach Sofia machten die Frauen Pläne für die Zukunft in Berlin, wer Essen kocht, putzt oder sich im Falle eines Falles um den Nachwuchs kümmert.
Was habe ich mir da nur eingebrockt? Stemme ich so eine Situation noch? Was für ein Nachwuchs denn?
Als wir in einem Vorort von Sofia ankamen, war es schon fast dunkel. Also

werden wir die Nacht hier verbringen und für den nächsten Tag schon mal Sonjas Sachen packen.

Eine hübsche Zweizimmer-Wohnung hatte sie, modern und mit einzelnen Antiquitäten als Blickfänger stilvoll eingerichtet. So viel passt nie und nimmer in den Mercedes. Viele persönliche Dinge werden hierbleiben müssen.

Als es fast schon Mitternacht wurde, klopfte es an der Wohnungstür. Sonja öffnete und ihr Vater stand im Flur.

„Entschuldigen Sie, wenn ich so spät noch störe, aber ich muss ganz kurz mit Sonja sprechen", wandte er sich an uns.

Diese machte aber keine Anstalten, ohne uns das Gespräch zu führen. „Ion und Hannah bleiben hier, ich habe keine Geheimnisse vor ihnen, ich ziehe zu ihnen nach Berlin. Damit musst du dich abfinden!"

Der General sah müde und alt in diesem Moment aus. „Gut, dann möchte ich dir folgendes sagen. Verurteile mich nicht, ich komme aus einer anderen Generation, wir hatten noch andere Werte und Vorstellungen vom Leben. Ich habe aber nur eine Tochter. Ich möchte dich nicht aus meinem Leben einfach so verlieren, verstehst du das? Verzeih einem alten Mann und denke nicht so hart von mir. Das würde mir schon reichen."

Sonja sah ihn an. „Ich muss trotzdem erst mal weg, ich bin hier wie in einem Käfig eingesperrt, jedenfalls fühle ich mich so. Seitdem Mutter gestorben ist, war ich nur auf Schulen, Akademien und Militärausbildungscamps. Lass mir ein wenig Freiraum und Zeit, Vater!"

Dabei ging sie auf ihn zu und drückte ihn, er legte seine Hände um den Kopf von Sonja und küsste sie auf die Stirn.

„Gut, vielleicht hast du recht, aber lass von dir hören. Soll ich dir deine Sachen schicken lassen?

Außerdem möchte ich sagen, Bulgarien hat sich verändert, genau wie die meisten ehemaligen sozialistischen Länder. Viele kommen mit der neuen Ordnung und dem so sehr gepriesenen Kapitalismus nicht mehr klar. Zu viele von uns sind auf der Strecke geblieben. Vielleicht werden die kommenden Jahre entscheidend sein, wie sich unser Land entwickelt. Wir brauchen dazu noch mehr Zeit!"

Ich will seine Ausführungen mal so im Raum stehen lassen. Zu gut weiß ich aus Deutschland, wie schwer sich viele mit den neuen Zeiten tun. Ich nickte dem General nur kurz zu!

Ich schrieb ihm unsere Adresse in Berlin-Köpenick und meine Telefonnummer auf. Seine Idee, die Möbel nachzuschicken kam auch bei Sonja gut an. Er reichte mir seine Hand und ich ergriff sie. „Passen Sie gut auf mein kleines Mädchen auf, ich bitte Sie!"
Ich nickte, Hannah legte ihren Arm um die Taille von Sonja. „Kommen Sie uns doch einfach mal in Berlin besuchen."
Ein Lächeln huschte über das Gesicht des Mannes und er nickte stumm, schloss die Tür von außen und verschwand.

Mit zwei Koffern, drei Reisetaschen und unzähligen Schuhpaaren machten wir uns am nächsten Morgen auf Richtung Berlin. Über die Donaufähre der Stadt

Calafat in Rumänien ging es über die Walachei bis nach Ungarn.

Eigentlich wollte ich kurz noch an dem kleinen Garten meiner Oma einen Halt machen, aber der Umweg von dreihundert Kilometern schreckte dann doch etwas ab.

Im August wollte ich dort mit Hannah drei Wochen Urlaub machen. Nun waren wir zu Dritt, auch nicht schlecht. Schon jetzt freute ich mich darauf, Sonja mal mein Rumänien zu zeigen.

Mir kam es vor wie im Traum, allen Ernstes zog eine zweite Frau bei uns ein. Ob so etwas gut geht, wird sich zeigen. Mühe werden wir uns geben, diese kleine Familie am Leben zu halten, für immer wird es wohl keine Option sein.

Der Weg nach Berlin war lang, die Autobahnen voll und wir wechselten uns mit dem Fahren ab.

Fast zwei Tage später standen wir auf dem Parkplatz unseres Wohnhauses in Berlin-Köpenick.

Ein Mercedes mit bulgarischem Kennzeichen erregt schon etwas Aufmerksamkeit, die Gardinen wackelten hinter den Fenstern mal wieder und Sonja winkte den neugierigen Leuten schon einmal zu.

Der Treppenflur empfing uns mit der typisch deutschen Kühle und ich meine nicht die Temperatur.

Kurz bevor wir die rettende Wohnungstür erreicht hatten, öffnete sich die Tür der Nachbarin.

„Ich habe eure Post hier!" Der schrille Tonlaut ihrer Stimme ließ in mir immer wieder Mordgedanken hochkommen. Diesmal erwischte sie das Pech etwas, Sonja nahm ihr die Post ab.

„Danke, sehr nett. Falls mal was für Sonja Rutowa hier ankommt, ist für mich. Wir wohnen jetzt alle hier, finden wir geil, wissen Sie!" Dabei zog sie die Luft durch die Vorderzähne und zuckte kurz mit ihren Augenbrauen.

Na super, Volltreffer, die Nachricht ist gleich im Haus rum. Mir ist es egal, sollen die Leute denken, was sie wollen. Jeder Mensch hat das Recht, glücklich zu sein, egal wie, womit und mit wem. Man ist keinem Menschen Rechenschaft schuldig. Na und wenn es die Nachbarn stört, dass ich mit zwei Frauen zusammen lebe, egal!

So saßen wir am ersten Tag in der Wohnung zusammen, die Frauen machten Pläne über Pläne und ich arbeitete die Wohnung etwas um, Platz gab es ja genug.

Nach zwei Wochen kamen die restlichen Sachen aus Sofia mit einer Spedition bei uns an. Ab jetzt war Sonja wirklich bei uns eingezogen, angemeldet hatten wir sie schon und ab nächstem Monat arbeiten wir alle zusammen in einer Abteilung.
Ich weiß nicht, ob es gut ist, so etwas kann ich heutzutage noch nicht sagen.
Die Kollegen haben etwas zu tuscheln und weiter zu geben, aber wir sind zufrieden.

Nun liegt diese Geschichte schon wieder eine Weile zurück.
Was sich verändert hat bis jetzt? Ich!
Meine Zufriedenheit ist zurück, angekommen bin ich im Schoße einer kleinen Familie!
Ach ja, meiner kleinen Familie!

Hannah wurde schwanger und als wir das erste Ultraschallbild in der Hand hielten, kam die nächste gute Nachricht.

Sonja hatte sich nach vier Monaten bei uns auf den Rückweg in ihre Heimat gemacht. Zu sehr quälte sie das Heimweh nach Bulgarien und ihrem Vater.

Dort hatte sie einen netten, jungen Mann aus Sozopol kennengelernt, mal schauen, wie lange es hält.

Den Kontakt zu ihr werden wir nicht aufgeben. Einmal waren wir zusammen noch mal bei der alten Frau in Berlin-Zehlendorf, kurz bevor Sonja Deutschland wieder verließ. Wir hatten der alten Dame von der bulgarischen Heimat berichtet und von der politischen Lage dort gesprochen. Sie war interessiert, aber kaum noch fähig, einmal dorthin zurück zu kehren.

Zufällig kam ich an dieser Adresse nach einem Monat wieder vorbei. Die alte Villa stand zum Verkauf durch das Land Berlin und war komplett leer.

Was war aus der alten Frau geworden? Ist sie im hohen Alter noch einmal weitergezogen, um sich zu verstecken?

Eine Antwort habe ich darauf bis heute nicht. Die Akten über die ehemalige Tochter des bulgarischen Staatschef Schiwkow bleiben bis auf Weiteres in Deutschland verschlossen.
Ich freue mich auf den Nachwuchs, einfach auf die gemeinsame Zeit mit allen Menschen, die ich so sehr liebe.

Ich möchte Ihnen noch einen guten Rat mit auf den Weg geben, seien Sie mit Ihrem Leben glücklich! Ich bin es! Seien Sie aber immer skeptisch, was aus der Politik, einer Partei, oder von religiöser Seite an Sie herangetragen wird an Informationen. Bleiben Sie misstrauisch! Fragen Sie sich immer, wer hat etwas davon!

Die Namen und Ereignisse aus diesem Buch sind natürlich frei erfunden und haben so gar nichts mit der Wirklichkeit zu tun, oder doch?

Ich danke allen meinen Zuträgern von Informationen, Helfern, Freunden und Lesern meiner Bücher.

Ion Kaiser kommt zurück!

Zeitfracht Medien GmbH
Ferdinand-Jühlke-Straße 7
99095 Erfurt, Deutschland
produktsicherheit@kolibri360.de